DER PROF MIT DEM SARG

EIN FRANKFURT-KRIMI. SANDYS ERSTER FALL.

KATJA KLEIBER

c/o easy-shop

Kathrin Mothes

Schloßstraße 20

06869 Coswig (Anhalt)

www.katja-kleiber.de

Coverdesign: Juliane Schneeweiß

Bibliografische Information der Deutschen Nationalbibliothek:

Die Deutsche Nationalbibliothek verzeichnet diese Publikation in der Deutschen Nationalbibliografie; detaillierte bibliografische Daten sind im Internet über http://dnb.d-nb.de abrufbar.

Erstellt mit Vellum

DISCLAIMER

Es handelt sich um ein fiktives Werk. Ähnlichkeiten mit lebenden Personen oder Institutionen sind rein zufällig.

1

DER LEBENDE TOTE

Bis der neue Klient kam, hatte ich gedacht, die Steuererklärung zu erledigen wäre das Nervigste des heutigen Tages. Die grünen und grauen Felder des verhassten Formulars verschwammen vor meinen Augen. Lustlos setzte ich meinen Namen in das erste Feld. Dann starrte ich auf die leeren Felder mit den sinnlosen Bezeichnungen.

In dem Moment ging die Tür auf. Ein Mann trat herein. Ohne anzuklopfen. Die Trine am Empfang hatte wahrscheinlich in ihren Modezeitungen geblättert, statt ihn bei mir anzumelden. Sie boykottierte mich, wo sie nur konnte. Wahrscheinlich war ihr die Detektivin als Untermieterin nicht fein genug.

Der Anzug betonte die große, schlanke Figur des Mannes. Leider machte sein knallrotes Gesicht den angenehmen Anblick wieder zunichte. Er knallte ein Blatt Papier vor mir auf den Tisch. "Das! Das ist der Gipfel der Unverschämtheit!"

Seine Gesichtsfarbe stammte nicht vom Treppensteigen bis ins Dachgeschoss.

"Bitte nehmen Sie doch Platz. Was kann ich für Sie tun?" Früher hatte ich gedacht, Höflichkeit sei eine Form von Heuchelei. Heute halte ich sie für eine Waffe.

Er faltete seinen langen Körper zusammen und setzte sich in den Besucherstuhl, vorne auf die Kante. Er deutete auf den Zettel: "Unternehmen Sie was, aber schnell."

Ich betrachtete das Papier. Es war eine Todesanzeige, herausgerissen aus einer Zeitung. Heribert M. Knettenbrech, es folgte sein Geburtsdatum, dann: „gestorben am 5. April dieses Jahres. In tiefer Trauer, seine Kollegen und Mitarbeiter."

"Mein Beileid." Ich rechnete nach. 54 Jahre alt geworden. "Hat nicht gerade ein biblisches Alter erreicht."

Der Mann sprang auf: "Das bin ich! Ich, Heribert Knettenbrech, Professor Heribert M. Knettenbrech." Seine Stimme überschlug sich. "Ich bin quicklebendig!" Eine Ader an seinem Hals schwoll an und pochte.

Unschön, seinen eigenen Namen auf einer Todesanzeige zu lesen, aber musste er deshalb so schreien? "Bitte, setzen Sie sich doch."

Der Besucherstuhl, ein Freischwinger, sank unter dem Gewicht des Mannes in die Knie.

"Ich lebe noch, und zwar sehr gerne! Gestern habe ich das hier in der Zeitung gesehen. Meine eigene Todesanzeige!" Knettenbrech schlug mit der flachen Hand auf das Papier.

Vorsichtig sagte ich: "Ein schlechter Scherz."

"Scherz!" Er schnaubte vor Wut. "Das ist kein Scherz!" Heribert Knettenbrech beugte sich vor und sah mir streng in die Augen. "Nehmen Sie das bitte ernst. Was glauben Sie, was das bedeutet? Es stellt mich öffentlich bloß! Ich werde zum Gespött!"

"Vielleicht will sich einer Ihrer Studenten für eine schlechte Note rächen."

"Unsinn. Das ist eine viel größere Sache: Jemand will mich mundtot machen. Dies ruiniert meinen Ruf in der gesamten Wissenschaft! Was glauben Sie, wie schnell die Nachricht von meinem angeblichen ..." Der Mann stockte. Das Wort "Tod" wollte ihm nicht über die Lippen kommen. "... von meinem angeblichen Ableben die Runde gemacht hat. Ich bin eine bekannte Persönlichkeit." Bei diesen Worten schien sein Körper noch mehr zu wachsen. "Jemand hat die Anzeige in Twitter gesetzt. Seither kommen bereits Kondolenzschreiben aus den USA, aus China, aus der ganzen Welt. Jetzt streichen mich die Verbände und wissenschaftlichen Vereinigungen aus ihren Reihen. Ich werde nicht mehr eingeladen, nicht mehr um Papers angefragt, keiner lädt mich zu Vorträgen ein. Für die bin ich ... so gut wie tot, einfach tot."

Ihm ging die Luft aus. Er schwieg und blickte mich flehentlich an.

Ich dachte einen Moment nach. Der Mann übertrieb grenzenlos. Offensichtlich aus Eitelkeit. "Die Anzeige war doch in einer Zeitung. Wenn Sie das genau da, in derselben Zeitung, richtigstellen?"

Er erklärte, er habe dort angerufen und sich über die Anzeige beschwert. Man habe ihn an ein Callcenter in Sachsen verwiesen, das die Anzeigen entgegennehme. Dort habe ihm auch niemand helfen können. Die Anzeige sei am Telefon aufgegeben worden, wie viele andere. Die Zeitung sei allerdings aus Kulanz bereit, in der kommenden Wochenendausgabe eine Kurzmeldung als Richtigstellung zu drucken.

Aus Kulanz ... wahrscheinlich hatte er dort genauso rumgetobt wie hier.

"Eine Kurzmeldung", schnaubte Knettenbrech. "Die liest doch keiner. Für meine Fachkollegen bin ich jetzt tot, was für eine absurde Situation. Soll ich denn in allen Fachzeitschriften inserieren, dass ich noch lebe? Einen Twitter-Account eröffnen? Das ist doch lächerlich."

Ich blickte ihn skeptisch an. Der Mann war ein Hysteriker. Genauso schnell, wie sich die angebliche Todesnachricht rumgesprochen hatte, würde sich verbreiten, dass es sich um einen üblen Witz gehandelt hatte. Ich brauchte zwar einen Kunden, aber musste es dieser sein? Nach dem Fall mit der entlaufenen Katze, die ich bei einem Nachbarn wiedergefunden hatte, und der Frau, die angeblich fremd ging, aber nur ihren alten Lehrer besuchte, hatte ich bisher nur langweilige Auftragsarbeiten für die Großdetektei Meier übernommen.

Knettenbrech spürte meine Zweifel. Er beugte sich vor und sah mir in die Augen. Er hatte himmelblaue Augen, ohne jeden Stich ins Grüne oder Braune. Jetzt lag ein Anflug von Angst darin.

"Die Sache mit der Todesanzeige ist nicht die einzige." Er stockte, rückte seine ebenfalls himmelblaue Krawatte zurecht.

"Heute morgen wurde ein Kranz für mich abgegeben. Ein Grabkranz. Sie wissen schon, so einer aus Tannenzweigen. Meine Frau öffnete die Tür und ein Bote hielt ihr den Kranz entgegen. Sie hat sich total erschreckt." Er hielt inne.

Das klang schräg, das weckte meine Neugier, obwohl ich eigentlich keine Zeit für einen neuen Fall hatte. Die Großdetektei, für die ich Lebensläufe von fünf Kandidaten für den Posten des Einkaufschefs überprüfen sollte, drängelte. Das Abgabedatum war letzte Woche gewesen und ich hatte bisher nur drei Kandidaten gecheckt. Außerdem musste die verdammte Steuererklärung endlich fertig werden.

Als ich nicht antwortete, setzte der Professor hinzu: "Da steckt mehr dahinter. Ich will, dass diese Belästigungen sofort aufhören." Er sah mich fordernd an.

"Also, Herr Professor Knettenbrech ..."

"Den Professor können Sie weglassen", schnaubte der Mann verächtlich.

"Herr Knettenbrech, ich übernehme den Fall. Ich schätze, das wird etwa drei Tage Nachforschungen in Anspruch nehmen." Ich betrachtete seinen feinen Anzug, verdoppelte im Kopf meinen Tagessatz und nannte ihm den Betrag.

Knettenbrech stimmte ohne Zögern zu.

Ich hätte eine höhere Summe nennen sollen.

"Haben Sie eine Vermutung, wer sich diesen Scherz erlaubt hat?"

"Das ist kein Scherz, hab ich Ihnen doch erklärt." Knettenbrech klang schon wieder aggressiv. Doch er zwang sich, ruhiger zu werden. Er erklärte, dass er den Täter in seinem beruflichen Umfeld vermute. Sein berufliches Umfeld sei das Turkologische Institut der Uni Frankfurt.

Als ich ihn verwirrt anblickte, erklärte er mir, dass er über das Türkische und andere verwandte Sprachen forsche.

Dabei guckte er mich von oben herab an. Selbst im

Sitzen gelang ihm das mühelos. "Viele Kollegen beneiden mich um meine Position. Ich bin der führende Turkologe Deutschlands. Eine Menge Leute würden mir gerne schaden. Aber auf so geschmacklose Weise?" Plötzlich wirkte er hilflos.

"Ich werde das für Sie herausfinden. Ich würde mich gerne an Ihrem Institut ein wenig umsehen, um ein besseres Gespür für Ihr Umfeld zu bekommen." Ich passte mich seiner geschwollenen Ausdrucksweise an, so gut ich konnte.

Knettenbrech blickte sich im Büro um.

Es gab nicht viel zu sehen. Den massiven Holzschreibtisch hatte ich auf dem Flohmarkt erstanden. Die Stühle und Regale stammten vom Sperrmüll und erfüllten ihren Zweck.

Trotzdem wirkte das Büro elegant, fand ich wenigstens. Die Fenster im Erker ließen viel Licht in den Raum. Selbst im Sommer, wenn die Blätter der Platane sie beschatteten, war es immer noch hell.

"Sie fangen am besten morgen im Institut an." Knettenbrech überlegte eine Weile. "Wir stellen Sie als Hilfskraft in der Bibliothek ein, das würde vom Alter ungefähr passen."

Mit meiner schlanken, fast mageren Figur wurde ich fast immer jünger als Anfang 30 geschätzt, aber ich ließ ihn in dem Glauben, ich sei im Studentenalter. Mich störte etwas anderes.

"Herr Professor, ich übernehme gerne Ihr Mandat, aber ich bin nicht Ihre Angestellte!"

Er zuckte zusammen. Widerspruch war er offensichtlich nicht gewohnt. "Wenn Sie bei uns im Institut arbeiten, fallen Sie nicht auf und können in Ruhe ermitteln." Er argumentierte, die Bibliothekarin würde keinen Verdacht schöpfen, sondern froh sein, Unterstützung zu bekommen. Sein Institut sei nur wenige Straßen entfernt von meinem Büro im Frankfurter Westend.

"Ich brauche Spielraum für meine Recherchen. Mein Beruf erfordert Flexibilität. Ich ziehe Erkundigungen ein, befrage Leute, besuche Archive ..." Und zwischendurch müsste ich die Steuererklärung ausfüllen und die Lebensläufe der Kandidaten recherchieren, ergänzte ich im Stillen. Nachtarbeit drohte, falls ich die Ermittlungen nicht kombinieren könnte. "Sie wollen doch, dass der Fall gelöst wird?"

Zähneknirschend gab Knettenbrech nach. Wir einigten uns darauf, dass ich als Hilfskraft am Institut eingeführt würde, aber kommen und gehen konnte, wie ich wollte.

Knettenbrech erhob sich und reichte mir die Hand. "Vielen Dank, Gräfin von Buckow."

Ich klärte ihn auf. "Frau von Buckow führt die Anwaltskanzlei unten im Erdgeschoss. Wir sind Partnerinnen. Mein Name ist Sandra Isolde Hardenberg."

Knettenbrech hatte vermutlich als Passant unseren prächtigen Gründerzeitbau gesehen und das Schild von Freyas Anwaltskanzlei auch gleich auf meine Detektei bezogen. Freyas Titel - die korrekte Anrede lautete "Euer Erlaucht" - zog viele Klienten an. Unser prächtiges Büro-Gebäude mit seinen dicken Säulen am Eingang mitten im teuren Frankfurter Westend tat sein übrigens, um sie zu beeindrucken.

Jetzt blickte mich der Professor enttäuscht an. Musterte mich von oben bis unten. Meine Jeans war nicht mehr die Neueste, das Hemd mit den großen rot-schwarzen Karos stammte aus dem Doppelpack vom Baumarkt, aber ich fand nichts daran auszusetzen. Seit den Zeiten als Punkerin hatte sich mein Geschmack in Sachen Klamotten wenig geändert. Nur zog ich außer Schwarz auch andere Farben an. Manchmal wenigstens.

"Seien Sie morgen früh um 9.30 Uhr pünktlich im Institut." Knettenbrech setzte hinzu: "Und ziehen Sie sich anständig an."

2

EIN SARG FÜR EINEN PROF

WAR die erste Begegnung mit Knettenbrech schon unangenehm, gestaltete sich der Auftakt der Ermittlungen schlimmer. Die Bibliothekarin, eine mopplige Frau mittleren Alters, hatte mich kritisch beäugt. Dann hatte sie mich an einen Tisch in der Ecke verbannt und mit Arbeit überhäuft.

Durch die großen Fenster fiel Licht herein, Staubkörner tanzten in der Luft. Die Wärme zwischen den Buchregalen legte sich wie ein dicker Mantel auf meine Schultern, am liebsten hätte ich mich zu einem Nickerchen zusammengerollt. Schließlich war ich in aller Herrgottsfrühe aufgestanden und hierher geradelt.

Vor mir stapelten sich Karteikarten mit Titeln und Verfassern von Büchern, die ich in den Computer eintippen sollte. Ungeheuerliche Titel. Bandwurmtitel. "Ein Versuch über die gaugasische Sprache unter besonderer Berücksichtigung des Einflusses zentralsibirischer Turksprachen." Keine Ahnung, wer so was lesen wollte.

Aber dies war mein erster eigener Fall, der spannend klang. Ich hatte einen Klienten, der mich bezahlte. Anstatt für die Großdetektei Meier Lebensläufe zu überprüfen, tippte ich weiter: "Einführung in die türkische Grammatik mit Übungsaufgaben und ..." Schwer senkten sich meine Finger auf die Tastatur. Ich konnte einigermaßen tippen, weil ich meine Berichte am Computer schrieb, aber das war ein Kinderspiel im Vergleich zu diesen Karteikarten.

"Bisschen aus der Übung, was?" Die Bibliothekarin lächelte giftig. Sie trug eine Perlenkette, die ihren Mopshals betonte. Da ich Freyas echte Perlen gesehen hatte, erkannte ich die Kunststoffimitate auf den ersten Blick.

"Nicht gerade der neueste Stand der Technik, diese Karteikarten." Ich verkniff mir den Hinweis, dass man die vor 20 Jahren schon hätte digitalisieren müssen.

"Die neuen Titel geben wir bei der Lieferung ein. Aber der Altbestand, der auf den Karteikarten ist - da bin ich einfach nicht nachgekommen. Hab einfach zu viel zu tun."

Von wegen, wahrscheinlich hatte auch sie keine Lust, diese verstaubten Kärtchen mit den ellenlangen Titeln abzutippen. Die Bibliothekarin wusste nichts von meinem Undercover-Einsatz. Sie hatte sich mir als Ulrike Brand vorgestellt und die Augen verdreht. "Du wirst es ja doch rauskriegen. Hier nennen sie mich *Schlagnach,* also kannst du das auch tun."

Schlagnach? Ich kicherte. Ob sie einen wuchtigen Schlag landen konnte? Ich schaute auf ihre Patschhändchen.

"Wenn jemand eine Frage hat, sage ich ihm, wo er nachschlagen kann." Sie hatte bemerkt, dass ich den Spitznamen falsch verstanden hatte. "Ich bin schon 20 Jahre hier am Institut und kenne mich bestens aus."

Schlagnach beobachtete meine Finger, die ungelenk über die Tastatur glitten. Sie seufzte.

Ich hatte mich vorgestellt als Arbeitslose, die eine Umschulung zur Bibliothekarin erwägt und sich einen Einblick in den Job verschaffen wollte. Das hatte sofort ihren Beschützerinstinkt geweckt. Trotzdem schien sie Konkurrenz in mir zu vermuten. Sie hatte sich sofort darauf gestürzt, mir einen Gastausweis zu verschaffen, mich dann aber in diese Ecke verbannt, in der ich jetzt versauerte.

Gelangweilt knibbelte ich an meinem Ohrläppchen herum. Deutlich spürte ich die Löcher. Noch vor wenigen Jahren hatten dort Sicherheitsnadeln und Ringe gesteckt. Doch das Punkerleben hatte ich endgültig hinter mir gelassen. Die Leute, die ich für meine Freunde gehalten hatte, hatten mich fallen gelassen. Außer Freya hatte mir niemand geholfen, als es mir schlecht ging. Darum war ich zu ihr nach Frankfurt gekommen.

Dann brauchte ich einen Job. Frankfurt war bekannt als "Hauptstadt des Verbrechens", denn es führte seit Jahren die Kriminalstatistik an. Was lag also näher, als ein Detektivbüro zu eröffnen? Der Job schien mir interessant zu sein, außerdem brauchte man keine Ausbildung. Ein Gewerbeschein für zehn Euro hatte gereicht.

Die Tür zur Bibliothek ging auf. Eine blonde, auffallend stark geschminkte Frau kam rein. Durch das viele Make-up wirkte ihr Gesicht maskenartig. Mit ihrer Stoffhose und der feinen Bluse wirkte sie nicht wie eine Studentin, obwohl sie vom Alter her eine sein konnte.

"Marlene, wie kann ich dir helfen?", grüßte die Bibliothekarin.

"Guten Tag, Schlagnach", kam die Antwort. Die Leute

schienen diesen bescheuerten Spitznamen tatsächlich zu verwenden.

Ich beugte mich tief über die Tastatur und spitzte meine Ohren. Doch ich verstand kaum, worum es ging. Mir schien, Marlene fragte nach bestimmten Büchern im Katalog der Unibibliothek. Schlagnach antwortete ausführlich, bis ihr Blick aus dem Fenster fiel. Sie erstarrte.

Ich reckte mich vor und sah meinen Kunden, den Professor, die Treppen zum Institut hochsteigen.

Schlagnach griff zum Telefon, rief eine Nummer aus dem Speicher ab und sagte: "Knettenbrech im Anmarsch." Nichts weiter, kein Hallo, kein Tschüss. Das Ganze wiederholte sie drei Mal. Marlene war zur Tür hinausgehuscht.

Schlagnach bemerkte meinen erstaunten Blick. "Er hat neuerdings eine Stinklaune." Es war klar, wen sie meinte. Knettenbrech wie Knettenbrech. "Vorgestern hat er völlig ungerechtfertigt seine Sekretärin heruntergeputzt, und das vor den Studierenden." Immerhin schien die Bibliothekarin Sinn für Fairness und Gerechtigkeit zu haben.

In dem Moment hörte ich Brüller aus dem oberen Stockwerk. "Stinklaune" war nicht übertrieben. Eine zweite, krächzende Stimme hielt dagegen. Die einzelnen Worte waren nicht zu verstehen. Türen knallten.

Dann schallte Knettenbrechs Stimme durchs Treppenhaus. Jetzt verstand ich seine Worte ohne Probleme. Er brüllte: "Frau Hardenberg, herkommen!"

Was blieb mir anders übrig. Ich sprang auf und stieg die Treppe hoch. Kaum war ich ein paar Stunden im Haus, fühlte ich mich schon wie seine Angestellte – was ich in gewissem Sinne ja auch war.

Ein hagerer, großer, fast storchengleicher Mann kam

mir entgegen, den Mund verkniffen. Er verschwand im Büro neben Knettenbrech. Ich schaute auf das Namensschild an der Tür: Prof. Dr. Dr. Siegmund Huber. Ein Doppeldoktor, was es nicht alles gab.

Dann öffnete ich die Tür mit der Aufschrift "Prof. Dr. Heribert Knettenbrech" und grüßte das zierliche Wesen im Vorzimmer. Der Professor wartete ungeduldig an der Durchgangstür zu seinem Büro.

"Kommen Sie, kommen Sie. Es ist wieder was passiert." Knettenbrech musterte mich, als sehe er mich zum ersten Mal. Immerhin trug ich heute eine frisch gewaschene Jeans und ein ebensolches schwarzes T-Shirt.

Knettenbrechs Büro war groß, größer als meine Wohnung. An den Wänden reihten sich deckenhohe Regale voller Bücher. Sie standen nicht nur in den Regalen, sondern lagen auch auf den Buchreihen. Eine Leiter lehnte an einem der Regale, damit man die oberen Fächer erreichen konnte. Nur ein einziges Fach in einem der Regale war ausgespart, hier stand eine Bronzefigur mit einem seltsamen Helm, vielleicht eine antike Göttin.

Ich richtete meine Aufmerksamkeit auf Knettenbrech. Er hatte wieder dieses Flackern in den Augen. Ich meinte sogar, kalten Schweiß zu riechen.

Der Professor hatte Angst, nackte Angst.

Er holte Luft und setzte zum Sprechen an, da klopfte es.

Die zierliche Frau aus dem Vorzimmer kam herein und wuchtete eine dicke, blassrosa Mappe vor Knettenbrech auf den Schreibtisch. "Diese Unterschriften bräuchte ich bitte, die Fristen laufen heute Nachmittag ab."

"Unterschriften?" Knettenbrech wedelte mit den Armen. "Kriegen Sie, kriegen Sie."

Doch die Sekretärin ließ nicht locker. "Und haben Sie den Forschungsantrag vorbereitet? Die Einsendefrist läuft Montag aus."

Knettenbrech stöhnte auf. Er versprach, sich am Wochenende darum zu kümmern.

"Die Fachbereichssitzung ist heute Nachmittag im großen Saal." Die Frau schwenkte ihre blonde Haarmähne über die Schultern, blickte mich von oben herab an und stöckelte wieder ins Vorzimmer.

Knettenbrech hatte offenbar den Faden verloren. Er starrte die Mappe an, zwischen deren rosa Pappseiten einzelne Blätter hervorlugten. Dann blickte er auf, nahm mich wahr.

Er erhob sich und ging im Raum auf und ab. Ruckartig blieb er stehen, wandte sich mir zu und sagte: "Heute ist wieder was passiert." Seine Mundwinkel zuckten. "Ich habe im Homeoffice gearbeitet. Mich auf die Vorlesung im Sommersemester vorbereitet. Auf einmal klingelte es. Da standen zwei Männer mit einem Sarg. Für mich. Angeblich soll ich den bestellt haben."

Ich murmelte etwas Betroffenes.

"Das ist eine Morddrohung", Knettenbrech rückte seine Krawatte zurecht, als würge sie ihm die Luft ab. "Jemand hat es auf mich abgesehen."

3

SONNTAGSRUHE

DIE TURKOLOGEN HATTEN eine prächtige Villa als Arbeitsort. Die Fassade war mit Schnörkeln reich geschmückt. Ich ließ das Kärtchen, das Schlagnach mitgegeben hatte, durch das Gerät am Eingang des Instituts ratschen. Summend sprang die Tür auf. In der Ferne schlugen Kirchenglocken. Um das Institut mal in aller Ruhe anzusehen, schien mir der Sonntag am besten geeignet.

Ich betrat den Flur und horchte. Nichts rührte sich. Wie geplant war ich alleine.

Ich ging in die Bibliothek. Sie lag gleich links neben dem Eingang. Es roch muffig. Die Bücher standen in Reih und Glied in den Regalen, auf dem Schreibtisch von Schlagnach ruhten ihre Stifte in exakt gleichem Abstand zueinander. Ein gerahmtes Foto zeigte eine graugetigerte Katze. Wahrscheinlich Schlagnachs Familie.

Was hatte ich erwartet? Seit gestern hatte sich nichts geändert.

Schlagnach führte einen großen, gebundenen Papierkalender. Die Seite für den morgigen Montag war aufgeschlagen. Dort standen kryptische Abkürzungen, hinter dem Wort "Forschungsantrag" war ein rotes Ausrufezeichen gemalt. Ich blätterte ein paar Seiten zurück, fand jedoch keine Eintragungen von der Art "Sarg für Knettenbrech bestellen!".

Auf einmal hörte ich Geräusche auf der Treppe. Knarrende Stufen. Schritte.

Ich erstarrte.

Dann schlug die Institutstür zu.

Ich sprang zum Fenster. Doch bis ich die Lamellen des Rollos weit genug geöffnet hatte, um hinauszugucken, war es zu spät. Die Straße lag verlassen da, soweit ich sie überblicken konnte. Wahrscheinlich hatte jemand am Sonntag dringend eine Akte benötigt und war vorbeigekommen. Nichts Beunruhigendes.

Ich öffnete weitere Bürotüren - keine war abgeschlossen - und entdeckte einen Raum, in dem ein großes Kopiergerät vor sich hin blinkte. Darüber hing ein Zettel mit fett gedruckten Buchstaben "Kopierer nach Gebrauch immer ausschalten!" Das Wort 'immer' war zweimal mit Edding unterstrichen.

Eine Tür weiter fand ich einen Vorratsraum mit Kartons voller Papier und anderen Büroartikeln sowie einem Stapel ausrangierter Computer. Im ersten Stock ließ ich das Büro von Knettenbrech links liegen und öffnete die gegenüberliegende Tür.

Hier standen sich zwei Schreibtische gegenüber, so dass die Computerbildschirme mit der Rückseite fast aneinanderstießen. Dicke Nachschlagewerke waren wie eine

Barriere zwischen den beiden Arbeitsplätzen aufgetürmt. An einem der Computer leuchtete ein rotes Lämpchen, der Bildschirm war jedoch schwarz. Ich tippte auf eine Taste. Mit leisem Summen erwachte der Monitor zum Leben. "Benutzer: Clemens Wagner, Passwort?"

Hinter mir quietschte es laut.

Ich fuhr herum.

In der Ecke stand ein Käfig. Am Gitter richtete sich ein Meerschweinchen auf den Hinterbeinen auf. Es quietschte fordernd.

Ich murmelte: "Ruhig, nur ruhig."

Das Meerschweinchen sprang wie wild in seinem Heu umher und zerrte zwischendurch an einem Salatblatt, das zwischen den Gitterstäben steckte. Nach einer Weile beruhigte es sich wieder und hörte auf zu quietschen.

Ich überflog die Papiere auf den Tischen. Die meisten waren auf Englisch oder Türkisch. Hier arbeiteten offensichtlich ein gewisser Umut Öztürk und ein Clemens Wagner. Offenbar waren es untere Chargen, die sich ein kleines Büro teilen mussten. Aber ein Haustier halten durften. Seltsame Zustände.

Ich verließ den Raum, nicht ohne aus einer offenen Tüte auf Umut Öztürks Schreibtisch ein Hustenbonbon zu stibitzen. Ich drehte das Papier auf, stopfte es in meine Hosentasche und steckte das Bonbon in den Mund. Fast ein Frühstück.

Das Vorzimmer zu Knettenbrechs Büro war aufgeräumt, am Fenster stand eine Topfpflanze, an der Wand hingen Bilder mit Sinnsprüchen, die wohl das Arbeitsleben der Sekretärin erleichtern sollten. Angesichts des diktatorischen Chefs war das wohl nötig. Die Blonde mit der Modelfigur führte keinen Papierkalender, der PC war ausgeschaltet. Ich sparte mir die Mühe, ihn anzumachen.

Dann öffnete ich die Verbindungstür zu Knettenbrechs Büro. Mir entfuhr ein Schrei.

Knettenbrech lag in einer Blutlache vor seinem Bücherregal auf dem Boden. Blut sickerte aus seinen Haaren und breitete sich um ihn herum aus. Der Teppich schien schon vollgesogen.

Der Bürostuhl war umgekippt. Die Bronzefigur der antiken Göttin, die auf dem Regal gestanden hatte, lag neben ihm. Auch sie war voller Blut.

Nur der Anzug saß Knettenbrech noch immer wie angegossen. Er musste maßgeschneidert sein.

Ich hockte mich neben den Professor und fasste widerstrebend an seinen Hals.

Nichts.

Keine Körperspannung, kein Pochen einer Ader. Ich beobachtete seinen Brustkorb. Keine Atembewegung.

4

ÜBERSTUNDEN

VON DEM SÜẞLICHEN Blutgeruch wurde mir übel. Es würgte mich.

Ich stürzte hinaus in die Toilette. Es dauerte eine Weile, bis das Würgen nachließ, aber mein Magen war leer gewesen. Außer dem Hustenbonbon und einem Kaffee zuhause hatte ich nichts gegessen.

Ich schüttete mir kaltes Wasser ins Gesicht und ließ es über meine Handgelenke fließen. Nach einer Weile atmete ich ruhiger.

Ich ging runter in die Bibliothek, versuchte dabei, nicht an den toten Körper im ersten Stock zu denken, und wählte die 110. Es meldete sich ein junger Mann, der meinen wirren Bericht seelenruhig entgegennahm. Er fragte nach der Adresse, dann bat er mich, vor Ort zu warten.

Ich sackte auf Schlagnachs Stuhl. Bevor ich mir Gedanken machen konnte, was ich jetzt unternehmen sollte, hörte ich eine Sirene, die sich näherte.

Ein Rettungsteam stürzte zur Tür rein. Auf ihren Uniformen stand "Arbeiter Samariter Bund". Ich wies ihnen den Weg nach oben in Knettenbrechs Büro, brachte es aber nicht über mich mitzugehen. Das war nicht nötig, denn kaum waren sie nach oben gegangen, stürmten zwei Polizisten herein.

Ich machte eine schlappe Handbewegung Richtung Treppe.

Sie rannten polternd hinauf.

Ich ging noch einmal ins Bad und erbrach mich in die Toilette. Ich würgte, bis nur noch gelblicher Schleim kam. Dann spülte ich den Mund mit Wasser aus und wischte mich mit den groben Papierhandtüchern ab.

Ich kehrte zurück in die Bibliothek und starrte auf den Schreibtisch von Schlagnach. Die Bleistifte lagen in Reih und Glied, als sei nichts geschehen. Die Katze guckte unverwandt aus ihrem Bildrahmen.

Einer der Polizisten kam herein. Ein Typ mit Bauchansatz und Bürstenhaarschnitt. Er fragte mich nach meinem Namen, Adresse und Telefonnummer. "Was machen Sie hier?"

"Ich bin die Assistentin der Bibliothekarin." Jahrelange Erfahrungen mit der Polizei hatten mich gelehrt, nie zu viel zu sagen und vor allem keine komplizierten Erklärungen abzugeben. Als Punkerin war ich oft genug in den Genuss ihrer Befragungen gekommen.

"Am Sonntag?"

"Überstunden", murmelte ich. Wahrscheinlich wirkte ich mitgenommen, denn er hinterfragte meine Antwort nicht. Er sagte, falls meine Aussage gebraucht würde, werde man mich anrufen. Ich solle jetzt gehen.

Als ich aus dem Institut trat, standen ein Polizei- und ein Notarztwagen auf dem Bürgersteig vor dem Institut. Ich schloss mein Fahrrad auf, schwang mich in den Sattel, trat in die Pedale und sah zu, dass ich wegkam.

5

ANHÖRUNG

ICH RANNTE. Kam nicht vom Fleck. Meine Springerstiefel schienen in zähflüssigem Matsch zu stecken. Mein Herz pochte wie wild. Um mich herum andere Punks. Wir hetzten eine Straße lang. Hinter mir dumpfe Geräusche. Stiefel knallten auf Asphalt. "Polizei, stehen bleiben", schnarrte aus einem Lautsprecher. Ich wollte schneller laufen, aber meine Lunge schmerzte. Eine Hand griff nach mir. Panisch machte ich einen Satz nach vorne.

Dann wachte ich auf. War völlig verschwitzt. Das Bettlaken hatte sich um meine Beine geschlungen. Kein Wunder, dass ich nicht vorangekommen war im Traum.

Der Anblick der beiden Polizeibeamten gestern schien Erinnerungen geweckt zu haben. Die Bullen hatten uns Punker immer auf dem Kieker gehabt. Wenn wir uns an einer Demo beteiligten, bekamen wir als erste die Knüppel zu spüren.

Ich hatte einen säuerlichen Geschmack im Mund. Neben

meinem Bett stand eine Flasche Wasser. Ich nahm einen Schluck und blinzelte nach dem Wecker. Halb elf.

Ein Sonnenstrahl lugte durchs Fenster. Der musste mich geweckt haben. Ich wälzte mich auf die andere Seite der großen Matratze und schloss die Augen. Mein letzter Lover hatte sich bitter beschwert, dass mein Bett nur aus einer Matratze auf Europaletten bestand, doch ich war damit zufrieden. Zufriedener jedenfalls als mit dem Lover, der sich bald aus dem Staub gemacht hatte.

Das Bett roch gut, ein bisschen nach mir, ein bisschen nach Staub, ein wenig nach Waschpulver. Der Kühlschrank brummte beruhigend. Alles wie immer. Ich versuchte, noch eine Runde zu schlafen. Da fiel es mir ein.

Nichts war wie immer. Knettenbrech war tot. Das Bild seines blutbeschmierten Kopfes hatte sich auf meiner Netzhaut eingebrannt. Ich stöhnte.

Das Telefon schellte. Ich sank zurück auf die Matratze und ließ es klingeln.

Der Anrufbeantworter schaltete sich ein. Nach meiner Ansage, dass ich nicht hier sei, nahm er auf: "Frau Hardenberg, hier spricht die Kriminalpolizei. Sie sind zur Anhörung vorgeladen. Seien Sie um elf Uhr im Polizeipräsidium, fragen Sie nach Kommissariat Elf." Ein Knistern, dann legte die Anruferin auf.

Die Bullen! Panik stieg in mir hoch. Was wollten die? Ich hatte doch gestern alles erzählt, was passiert war. Der Prof war verunglückt. Sicher hatte er nach einem Buch gehangelt und die Statue angestoßen, so dass sie ihm auf den Kopf gefallen war. Wozu eine Anhörung?

Meine bisherigen Begegnungen mit der Polizei waren nicht sehr erfreulich gewesen. Als sie unser besetztes Haus in Hamburg geräumt hatten, hatten sie die Tür eingetreten, die Stereoanlage aus dem Fenster geschmissen, Möbel zerstört und die Katze getreten. Ich hatte meine Wohnung verloren und musste auf der Parkbank schlafen. Meine so genannten Freunde hatten sich andere Unterkünfte gesucht und mich vergessen. Nur Freya hatte mich gesucht. Als sie mich fand, hatte ich eine fette Erkältung gehabt und hustete am laufenden Band. Freya hatte mich gegen meinen Willen ins Krankenhaus gezerrt, wo die Ärzte sagten, ich hätte eine Lungenentzündung verschleppt. Ohne Freya wäre ich auf der Parkbank verreckt.

Freya würde wissen, was ich tun sollte. Der Gedanke erleichterte mich. Ich war kein Punk mehr. Ich hatte eine Top-Anwältin an meiner Seite. Außerdem einen festen Wohnsitz, einen Job sogar.

Sollte ich Freya anrufen? Ich dachte nach. Eigentlich war klar, was sie sagen würde: Ich sollte ins Präsidium gehen und meine Aussage machen. "Anhörung" konnte nicht so schlimm sein.

Ich kämpfte meine Panik nieder und warf einen Blick auf die Küchenuhr. Zehn vor elf!

Ich spritzte mir kaltes Wasser ins Gesicht und schrubbte die Zähne im Schnelldurchgang, riss ein paar Klamotten aus dem Einkaufswagen, den ich als Kleiderschrank benutzte, und stülpte sie mir über. Ich würgte einen Schluck kalten Kaffee von gestern herunter.

Dann schmiss ich mich aufs Rad und fuhr los. Beim Radeln wurde ich etwas wacher. Dabei überlegte ich, ob der Tod des Professors einen Zusammenhang haben könnte mit den blöden Scherzen, der Todesanzeige und dem Sarg. Dann verwarf ich den Gedanken. Das war zu absurd. Es war ein dummer Zufall, dass er ausgerechnet jetzt verunglückt war.

Knapp nach elf erreichte ich das Polizeipräsidium. Es thronte wie ein riesiges, graues Fort über der Stadt. Der Architekt hatte seine schlimmsten Zwangsvorstellungen verwirklicht. Ein schroffer, gesichtsloser Bau aus grauem Gestein umrahmte einen gepflasterten Innenhof. Abweisender konnten sich der Freund und Helfer dem Bürger nicht präsentieren. Mir sackte das Herz in die Hose.

Ein brummiger Pförtner rief für mich das K11 an. Dann holte mich eine junge Polizistin ab und ging mit mir in den dritten Stock. Sie schaltete eine Tür mit einem Magnetkärtchen frei und führte mich durch einen langen Gang. Vor einer Tür mit dem Schild "Tötungsdelikte, Leichen- und Vermisstensachen" blieb sie stehen.

"Leichensachen", wie klang das denn.

Die Beamtin nickte mir zu.

Ich drückte die Türklinke herunter.

6

NEUE ERKENNTNISSE

EIN TISCH AUS PRESSSPAN, überzogen mit Kunststofffurnier, an den Ecken abgestoßen. Der Besprechungsraum sah nicht einladender aus als das Polizeifort von außen. Mir schwante nichts Gutes. Bisher hatte "Polizei" für mich nur Ärger bedeutet, wenn nicht sogar ein Schlag mit dem Knüppel.

Am Tisch saß ein Mann, nur wenig älter als ich, vielleicht Ende 30, Anfang 40, allerdings schon ergraut. Er stand auf und ging mir ein paar Schritte entgegen.

Wir begrüßten uns.

"Matthias Mattuschewski, Kriminalhauptkommissar. Ich leite die Untersuchungen im Fall Knettenbrech." Seine Stimme klang warm und ruhig. Er zeigte auf einen der Stühle und wir setzten uns.

Der Typ trug keine Uniform, sondern Jeansjacke und Jeanshose zu einem hellblau gestreiften Hemd. Wirkte beruhigend normal. Er fragte nach meiner Arbeit im Turkologischen Institut.

Ich erzählte mein Märchen von der geplanten Ausbildung als Bibliothekarin. Dass ich ein Praktikum machte, um zu erfahren, ob mir der Job liegen würde.

"So, so, ein Praktikum. Sie sind im Gewerberegister als Privatdetektivin eingetragen und führen ein Büro im Westend. Was wollen Sie in der Bibliothek des Turkologischen Instituts? Was gibt es da zu schnüffeln?"

Sauber recherchiert. Wahrscheinlich genügte den Bullen ein Blick in den Computer, um die Marke meiner Zahnpasta zu kennen, deren Reste ich im Mund schmeckte. Ich erklärte Mattuschewski, dass meine Geschäfte schlecht liefen und ich deshalb den Job in der Uni angenommen hätte. "Auftragsflaute, Sie verstehen?"

Mattuschewski knurrte irgendwas. "Und wieso dann der Übereifer, am Sonntag zu arbeiten?"

Gute Frage. Ich starrte aus dem Fenster. Unten im Hof des Präsidiums stieg eine Gruppe uniformierter Polizisten in einen Mannschaftswagen. Vor meinen Augen kamen Bilder aus der Vergangenheit hoch: Bullen, die aus ihren Mannschaftswagen sprangen, Knüppel zogen und auf uns losstürmten. Ich hörte das Trampeln von Springerstiefeln auf Asphalt. Das Keuchen meiner Lunge. Knüppel sausten auf Irokesenschädel, Knüppel donnerten auf Polizeischilde. Hunde bellten. Die Bullen hatten uns in Hamburg auf der Schanze aufgemischt. Ich war einer Festnahme nur knapp entkommen.

"Frau Hardenberg, wieso waren Sie am Sonntag im Institut?"

Ich erklärte, dass ich mit meiner Arbeit nicht fertig geworden sei und deshalb einige Bücher verschlagworten wollte.

"Und war hatten Sie im Büro von Herrn Professor Knettenbrech zu suchen?" Mattuschewski glaubte mir kein Wort, das war klar, aber ich sah nicht ein, wieso ich ihm Einblick in meine Ermittlungen geben sollte. Schließlich war er ein Bulle, auch wenn er freundlich tat.

"Ich suchte nach einem Buch, das er ausgeliehen und nicht zurückgegeben hatte."

"So, so". Mattuschewski hatte nicht nur graues Haar, sondern auch graue Augen, mit denen er mich durchdringend musterte.

"Waren Sie allein im Institut?"

Mir fielen die Schritte ein, die ich im Treppenhaus gehört hatte. Das konnte Mattuschewski ruhig wissen. Schließlich wollte ich nicht mit einer Leiche allein gewesen sein. Ich berichtete, dass die Eingangstür nicht abgeschlossen gewesen war und ich jemanden im Treppenhaus gehört, jedoch nicht gesehen hatte.

"Schritte also. Wer könnte das gewesen sein?"

Ich zuckte die Schultern.

"Als Sie in das Büro des Professors kamen, war dieser bereits tot?"

Ich sah den toten Knettenbrech wieder vor mir, ein verrenkter Körper in einer Blutlache. Sein Gesicht war weiß gewesen, ganz weiß. "Ja, da bin ich sicher." Ein Würgen stieg in meinem Hals hoch.

Mattuschewski entging das nicht. "Beruhigen Sie sich, Frau Hardenberg."

Er stand auf und verließ den Raum. Kurz darauf kam er mit zwei Pappbechern in der Hand zurück. Er reichte mir einen.

Kaffee, zwar dünne Plörre, aber heiß. Ich schluckte

dankbar. Schließlich hatte ich heute noch nicht richtig gefrühstückt. Polizeiverhör auf nüchtern Magen, da musste einem ja übel werden.

Mattuschewski wartete ab, bis ich paar Schlucke getrunken hatte. Er wandte seinen intensiven Blick nicht von mir ab. Dabei gab es nichts zu sehen. Ich trug ein Ramones-T-Shirt, eine alte schwarze Jeans und Converse. Meine Haare färbte ich in den letzten Monaten nicht mehr, aber eine rosa Strähne war noch erhalten. Die übrigen hatten ihre natürliche mausbraune Farbe wieder erlangt und waren ausgelaugt. Sein eindringlicher Blick ging mir unter die Haut. Der Typ war ganz und gar nicht der Bulle, wie ich ihn erwartet hatte.

"Frau Hardenberg, wann genau sind Sie ins Institut gekommen?"

Ich überlegte. Am Sonntag hatte ich rumgetrödelt. "So gegen elf Uhr." Mir fielen die Kirchenglocken wieder ein. "Als ich kam, läutete es zum Gottesdienst. Ist der nicht um elf? Aber ich habe nicht auf die Uhrzeit geachtet. Ich habe etwa eine Viertelstunde in der Bibliothek gearbeitet, bis ich nach oben ging auf der Suche nach dem fehlenden Buch und den Professor fand."

Mattuschewski hörte sich meine zusammengelogene Story an, ohne eine Miene zu verziehen. Er notierte sich etwas auf einem zerfledderten Block, den er aus der Hemdtasche zog. Sein Kuli wollte nicht recht schreiben, er leckte ihn an. Dann beugte er sich vor und sagte: "Wir haben Grund zu der Annahme, dass Herr Professor Knettenbrech keines natürlichen Todes starb. Er wurde ermordet."

Ich hustete. Der Kaffee war mir in die Luftröhre geraten. Mord?

"Aber ihm ist doch diese Statue auf den Kopf gefallen?"

Mattuschewski schüttelte den Kopf. Er begann zu erklären. Die Statue – es handelte sich um Athene, die Göttin der Wissenschaft, wie er erklärte – habe den Kopf des Professors zertrümmert, aber es gebe Anhaltspunkte für ein Fremdverschulden. Er hielt mir einen Vortrag über Fallhöhe, das Gewicht der Statue und Spritzmuster von Blutstropfen. "Kein Zweifel, es war Mord."

7

DER AUFTRAG

EIN SUV PARKTE auf dem Bürgersteig vor der Knettenbrechschen Villa. Ich wollte mein Fahrrad an dem schmiedeeisernen Gitter des Vorgartens anbringen, doch da stand dieses Monstrum von Auto im Weg. Gedacht für den australischen Outback, blockierten SUVs die Frankfurter City und sahen im Leben noch nicht mal einen Feldweg, geschweige denn offenes Terrain. Schließlich schaffte ich es, mein Rad an dem Schlachtschiff vorbei zu manövrieren und befestigte das Schloss an einem Laternenpfahl. Über das Rad gebeugt sah ich aus dem Augenwinkel eine Gestalt aus dem Haus kommen.

Ein hagerer Mann, der mit langen Schritten eher zu staken als zu gehen schien. Er kam mir bekannt vor.

Er ging auf den SUV zu, schwang sich hinein, ließ den Motor aufheulen und fuhr davon.

Das war doch der storchengleiche Doppeldoktor, der

sein Büro neben Knettenbrech hatte. Huber, fiel mir ein. Tröstete der bereits am frühen Morgen die Witwe?

Sabine Knettenbrech hatte mich angerufen und einbestellt. Ihr Tonfall klang, wie ich mir den eines Bundeswehrfeldwebels vorstellte.

Neugierig, was sie mir sagen wollte, durchquerte ich den Vorgarten der Villa, steig eine Treppe hoch und senkte meinen Finger auf eine Klingel ohne Namensschild. Hier wohnte nur eine Familie, da benötigte man kein Schild. Ich dachte an die Klingelleiste des Hauses in Bockenheim, in dem ich wohnte. Mehrfach überklebte, manchmal nur mit Edding beschriftete Klingeln mit hauptsächlich ausländischen Namen. Hier im Dichterviertel, wo jede Straße nach einem deutschen Poeten benannt war, lebte es sich zurückgezogener.

"Ja bitte?" Eine Stimme drang aus einem unsichtbaren Lautsprecher.

Ich nannte meinen Namen und die Tür sprang surrend auf.

Sabine Knettenbrech hatte rote, verheulte Augen. Nur ihre Stimme klang kühl, wenn auch etwas belegt. Sie führte mich in einen Wohnraum, der so groß war, dass meine gesamte Wohnung darin Platz gehabt hätte. Auf dem Teppich spielte ein Kind, ein etwa einjähriger Junge. Er hatte Spielzeugautos um sich verteilt und machte brummende Geräusche.

Sabine Knettenbrech wies auf eines der Sofas, setzte sich selbst in den Sessel daneben. Ohne Begrüßung fragte sie: "Was haben Sie bisher herausgefunden?"

Die korrekte Antwort hätte gelautet: *Nichts.*

Anstatt irgendwelches Insiderwissen zu sammeln, hatte ich für Schlagnach geschuftet. Dann war ich am Sonntag ins Institut geschlichen und hatte einen Toten gefunden. Dessen junger Witwe ich nun gegenüber saß.

"Frau Knettenbrech, eine gründliche Recherche braucht eine gewisse Zeit."

"Sie haben ihn gefunden, oder?" Sabine Knettenbrech blickte mich forschend an.

Ich nickte. Dachte an die Blutlache. Es würgte mir im Hals.

"Hat er gelitten?" Ihre Wut war gewichen. Sie sah mich flehentlich an und hielt das Händchen ihres Sohnes umklammert, als könne der Kleine sie stützen.

Ich überlegte einen Moment. Wahrscheinlich hatte der Täter den Prof mit der Statue erschlagen. Oder seinen Kopf auf die Kante des Schreibtischs geknallt.

"Ich denke, es ging sehr schnell. Für mich sah es aus wie ein Unfall."

Sabine Knettenbrech nickte.

Der Junge fuhr ein Polizeiauto über den Boden und ahmte jaulend eine Sirene nach.

Sabine Knettenbrech beachtete ihn nicht. "Die Polizei glaubte zuerst an einen Unfall. Aber nun sagt sie, es gebe ..." Sie brach ab. "Sie hat Hinweise auf eine unnatürliche Todesursache gefunden." Sie schluckte, dann sprach sie weiter. "Ich wünsche, dass Sie weiter recherchieren. Ich verdoppele Ihr Honorar. Und Sie nennen mir den Mörder meines Mannes."

"Wieso überlassen Sie das nicht der Polizei?"

Die Frau schnaubte laut auf. "Diese unfähigen Idioten!

Die haben die Presse informiert! Dieser Mattukowski ist noch nicht mal in der Lage, die Sache diskret abzuwickeln."

"Mattuschewski?"

"Sie kennen ihn?" Sabine Knettenbrech klang misstrauisch.

"Mhja, wir haben uns kurz unterhalten." Das klang, als gehe ich bei der Polizei ein und aus, um vertrauliche Informationen auszutauschen, fand ich. Dass Mattuschewski mich verhört hatte, musste sie nicht wissen. Ich frage: "Zweifeln Sie an seiner Kompetenz?"

"Gestern haben Reporter unser Haus belagert und fotografiert. Wieso verhindert die Polizei das nicht? Dafür zahle ich Steuern?" Sie hielt inne und seufzte. "Was glauben Sie, was heute morgen hier los war? Alle paar Minuten rief irgendein Journalist an. Ich habe das Telefon abgestellt."

Sie strich ihrem Sohn über die Haare und versuchte, sich zu beruhigen. "Ich möchte wissen, wer meinem Mann das angetan hat. Sie können im Institut diskreter ermitteln als die Polizei. Machen Sie den Job in der Bibliothek weiter, halten Sie Augen und Ohren offen." Sie musterte mich abschätzig von oben bis unten. "So wie Sie aussehen, gehen Sie glatt als Studentin durch und fallen nicht auf."

Ich war mir nicht sicher, ob das ein Kompliment sein sollte. Insgeheim fühlte ich mich schuldig, dass ich den Mord an dem Professor nicht verhindert hatte. Wenn ich die Sache mit der Anzeige und dem Sarg aufgeklärt hätte, wäre es vielleicht nicht so weit gekommen. Knettenbrechs Witwe hatte also was bei mir gut. Außerdem wollte ich meinen ersten Fall erfolgreich beenden. Ich sagte ihr zu, den Auftrag weiter zu führen. Ich blickte mich um und erhöhte meinen Honorarsatz erneut. Eine Mordermittlung war schließlich gefährlicher als die Aufklärung eines Studentenscherzes.

Die Knettenbrech nickte nur. "Schreiben Sie mir eine wöchentliche Rechnung und berichten Sie regelmäßig."

Mir graute vor weiteren Stunden bei Schlagnach in der Bibliothek. Vielleicht ging die Ermittlung in eine ganz andere Richtung. Deshalb hakte ich nach: "Vermuten Sie den Täter am Institut?"

Das Kind hatte sein Sirenengeheul eingestellt und sich einen Blumentopf geschnappt. Das Gewächs darin sah aus wie eine Orchidee. Der Junge schüttete die Pflanze mitsamt der Erde aus. Sabine Knettenbrech entwand ihm den Blumentopf, worauf er losbrüllte.

"Wenn ich mir vorstelle, dass er jetzt ohne Vater groß wird." Sabine Knettenbrech schluchzte auf.

Ich wühlte aus meiner Hosentasche ein zerknülltes, aber unbenutztes Tempotuch, das ich ihr reichte.

Sie nahm es und wischte sich über die Augen.

Ich wartete, bis sie sich beruhigt hatte und fragte noch einmal: "Was glauben Sie, wer es getan haben könnte?"

"Es gibt viele Möglichkeiten, am ehesten verdächtige ich ..." Sie zögerte.

In dem Moment schoss mir ein Gedanke durch den Kopf. Knettenbrech war immerhin Turkologe, vielleicht hatte er den Islam beleidigt? Es ging nicht um Eifersuchtsmord, sondern um internationalen Terrorismus.

"Könnte sich Ihr Mann mit einer islamistischen Gruppe angelegt haben? Politisch, meine ich?"

Ich sah mich in eine Fehde mit Islamisten verwickelt, die

keine Privatdetektive mochten, schon gar keine weiblichen. Meine Ermittlungen würden sich nach Afghanistan und Saudi-Arabien ausdehnen, ich müsste mich in einen schwarzen Ganzkörper-Schleier hüllen. Was hatte ich erwartet, als ich ein Detektivbüro eröffnete? War das wirklich ein Traumjob?

Sabine Knettenbrech widersprach. "Das kann nicht sein. Mein Mann rief immer zu Toleranz auf. Er wirbt um Verständnis für den Islam, schließlich forscht er seit Jahrzehnten im Nahen Osten und in der Türkei" Sie strich sich eine Haarsträhne aus dem Gesicht.

Mir fiel auf, dass ihr Haar fettig am Kopf klebte. Unter ihren Augen malten sich tiefe Schatten ab.

"Ich denke, wir können ausschließen, dass Islamisten ein Kommando ins Frankfurter Institut für Turkologie schicken, um einen Professor zu töten."

"Hat er sich zu aktuellen Fragen geäußert?" Ich wollte die Idee nicht sofort aufgeben.

"Ja, er nimmt gerne Stellung. Er meint, das fördert das Ansehen der Turkologie, der Orientalistik überhaupt." Sie stockte. Knettenbrechs Engagement war nun unwiederbringlich Vergangenheit. "Er trat im Fernsehen als Islamexperte auf, während sich andere Kollegen hinter ihren Büchern versteckten."

Ich nickte.

Sabine Knettenbrech versuchte, ihren Sohn davon abzuhalten, sich an einer Blumenranke festzuklammern und hochzuziehen.

"Das mit den Islamisten ist eine falsche Spur. Schauen Sie sich in seinem beruflichen Umfeld um." Sie erklärte mir, ihr

Gatte sei relativ jung gewesen für seine jetzige Position, habe aber den Vorsitz des "Verbands Deutscher Orientologen" innegehabt und sei auf dem besten Weg gewesen, international bedeutende Posten zu übernehmen. "Neid ist weit verbreitet."

"Haben Sie jemand Bestimmten in Verdacht?"

Sabine Knettenbrech klang kühl. "Professor Huber."

Ich erstarrte. Der war doch eben noch hier gewesen. Ich hielt es für falsch, darauf hinzuweisen. Hatte Huber die Nacht bei der Witwe verbracht und nun lenkte sie den Verdacht auf ihn, um ein Verhältnis zu decken? Meine Gedanken schlugen Kapriolen.

"Jetzt kann er Institutsleiter werden. Das wollte er schon immer, aber gegen meinen Mann konnte er sich bei der Wahl nicht durchsetzen."

Ich blickte sie skeptisch an. Dann dachte ich an die schicke Sekretärin. Vielleicht hatte die Knettenbrech was mit Huber angefangen, um sich zu rächen, weil ihr Mann was mit der Sekretärin hatte? Das war doch ein Klassiker.

Oder war die Vorzimmerdame in einem Wutanfall ausgerastet und hatte ihren Liebhaber erschlagen?

"Frau Knettenbrech, könnten Sie sich vorstellen, dass eine Frau dahintersteckt?"

"Frauen lassen sich von Heribert gerne becircen." Sie guckte leidend.

Wahrscheinlich hatte der gute Heribert schon mehr als eine Frau becirct, zum Leidwesen seiner Gattin.

"Ich tippe allerdings, wie gesagt, auf einen Kollegen. Da kommen Frauen eher nicht in Frage. Es gibt nur sehr wenige Professorinnen für Orientologie."

"Sie glauben, der Urheber dieser Aktionen ist ein männlicher Kollege, der ihrem Gatten seine Position und den Erfolg neidet?", fasste ich zusammen.

"Ja, so könnte man sagen." Sabine Knettenbrech seufzte erneut.

Dann erinnerte ich mich an das, was ich ursprünglich für einen üblen Scherz gehalten hatte. Knettenbrechs Tod warf ein anderes Licht auf die Sache mit der Todesanzeige und dem Sarg. "Haben Sie neulich eine Lieferung von einem Bestattungsunternehmen bekommen?"

Sie zog die Schultern hoch, als sei ihr kalt.

"Ich öffnete die Tür. Da standen zwei Angestellte von einem Bestatter und stellten mir einen Sarg vor die Füße. Müssen Sie sich mal vorstellen."

Sie hatten ihr eine Rechnung präsentiert, doch die Knettenbrech hatte sie empört zurückgewiesen. Sie hatten die Männer mitsamt dem Sarg wieder weggeschickt.

"Welches Bestattungsunternehmen hat den Sarg geliefert?"

"Ich war ziemlich durcheinander. Die Rechnung habe ich nicht richtig angeguckt."

"Erinnern Sie sich an gar nichts?"

Sie runzelte die Stirn. "Die hatten einen Briefkopf mit Schnörkeln. Der Name war schlecht zu lesen, irgendwas mit E ... Eyrich oder Eilrich oder Eilritz."

Ich fragte Sabine Knettenbrech nach dem Grabkranz. Auch da war sie nicht viel aufmerksamer gewesen. Sie meinte, die Adresse des Absenders sei in der Darmstädter Landstraße gewesen. An einen Namen konnte sie sich nicht erinnern.

Ein Poltern. Während wir sprachen, hatte der Junge es

geschafft, auf einen Stuhl zu klettern und war umgekippt. Er fing an zu schreien.

Sabine Knettenbrech stürzte zu ihm und nahm ihn auf den Arm. Mir wedelte sie mit einer Hand zu.

"Sie können gehen. Und denken Sie daran, mich immer auf dem Laufenden zu halten!"

Das war wieder die Feldwebelstimme.

8

DER DEAL

In Freyas Wartezimmer saßen mehr Blaublütige als Pro bono-Klientinnen. Die Adligen in Designerkostümchen hielten sich in der Nähe der extravaganten Kaffeemaschine, während die in den Billigklamotten bei der Tür auf ihren Stuhlkanten kauerten. Doch sie alle einte eins: Der gleiche erloschene Blick.

Ich übersah die Trine am Empfang, die in einem Modemagazin blätterte, und ging direkt zu Freya ins Arbeitszimmer.

"Frau von Buckow hat eine Besprechung." Die Trine hob den Blick von ihrem Heft.

Ich ignorierte sie, öffnete Freyas Bürotür einen Spalt weit und steckte meinen Kopf hindurch.

Freya saß mit einer verheulten Frau in der Besucherecke. Das Sofa gab dem Büro eine gemütliche Atmosphäre, trotz der dicken Wälzer mit Gesetzestexten in den Regalen.

Auf dem Boden türmten sich zerknüllte Papiertaschentücher. Ihre Mandantinnen konnten sich den Psychoklempner sparen, so intensiv, wie Freya sie betreute. Sie sollte den Lohn einer Therapeutin gleich mit kassieren.

Ich machte Freya ein Zeichen und formte mit den Lippen ein lautloses "Bäcker". Hinter dem Rücken der Klientin hob sie die Hand und spreizte alle Finger.

"In fünf Minuten", hieß das.

Ich stolzierte an der Trine vorbei, die ein Loch in meinen Rücken starrte. Wahrscheinlich war sie eifersüchtig, weil ich Freya länger kannte als sie. Die beiden mussten sich in der Zeit begegnet sein, als ich in Hamburg auf der Parkbank lebte. Denn als ich nach Frankfurt zog, gehörte die Trine schon zum Inventar. Irgendwas mit ihrem Ex war schlecht gelaufen, hatte Freya erklärt.

Nach den endlos trüben Tagen des Winters schien heute endlich die Sonne. In den Vorgärten der Nachbarsvillen zeigten die Sträucher erste grüne Spitzen. In wenigen Schritten war ich beim Bäcker.

"Einen Cappuccino, bitte!"

Das Mädchen hinter der Theke war froh, sich bewegen zu können. Sie ließ den Dampf aus der Düse der Maschine zischen und zauberte eine kunstvolle Schaumhaube.

Ich nippte an dem Getränk und verbrannte mir die Zunge, worauf ich den Kaffee erst mal stehen ließ. Die nächsten Minuten tröstete ich mich über das Missgeschick, indem ich im Kopf mein Honorar summierte und mir meinen nächsten Urlaub vorstellte. Für zwei Wochen Mallorca würde es auf jeden Fall reichen. Und die Miete für die kommenden Monate war gesichert.

"Für mich auch einen Cappu, bitte". Freyas Haar fiel glänzend und lockig über ihre Schultern. Als Punkerin hatte sie die rote Pracht zu Dreadlocks gedreht. Sie schwang sich auf den Hocker neben mir. Heute trug sie eine orange Bluse zu einem hellgrünen Rock und bequeme, aber schicke Schuhe mit halbhohem Absatz. Freya hatte ihre Punkervergangenheit entschlossener und früher abgelegt als ich. Alles, was sie anpackte, zog sie zu hundert Prozent durch. Statt Pogo zu tanzen kämpfte sie jetzt verbissen für ihre Mandantinnen.

"Wie läuft dein Laden? Neuer Klient, oder?"

Sie musste Knettenbrech neulich im Treppenhaus gesehen haben. Am Freitag, noch gar nicht so lange her.

"Fescher Typ, oder?" Ironie blitzte in ihren Augen. Freya wusste nur zu gut, dass mir im Moment ein Lover fehlte.

"Neuer Klient, aber wie gewonnen, so zerronnen." Ich erzählte ihr, was passiert war. Die Todesdrohungen, die ich als Scherz abgetan hatte. Mein Einsatz im Turkologischen Institut. Und schließlich der tote Knettenbrech.

"Das ist ja schrecklich!" Freya glitt vom Stuhl und nahm mich in den Arm. "Wie furchtbar."

Ich entwand mich ihr. "Jetzt ermittle ich in einem Mord." Ich erzählte von dem Verhör durch den überaus netten Bullen, diesen Mattuschewski, und vom neuen Auftrag durch die Witwe. "Ich soll weiterhin Undercover an der Uni Nachforschungen anstellen."

"An der Uni!" Freya kicherte. Sie zog eine Packung Zigaretten aus der Tasche und fummelte daran herum. "Du hast die Schule abgebrochen, da willst du es an der Uni aushalten?" Vielleicht wollte sie der Situation die Schwere nehmen, normalerweise lachte sie mich nicht aus.

"Nur zur Tarnung." Der Schulunterricht hatte mich immer gelangweilt. Der Gedanke an miefige Klassenräume jagte mir Schauder über den Rücken. Freya hingegen hatte nicht nur ein Nonneninternat überlebt, sondern nach ihrem Zwischenspiel als Punkerin ein komplettes Jurastudium absolviert, und zwar im Eiltempo.

"Wahrscheinlich hatte er ein Verhältnis mit seiner Sekretärin und seine eigene Frau hat ihn erschlagen."

Ich verschluckte mich an meinem Kaffee. "Dann würde sie mich nicht beauftragen." Freya hatte eine eingeschränkte Sicht auf menschliche Beziehungen. In ihrer Kanzlei sah sie nur die Trümmer gescheiterter Ehen.

"Sie will den Verdacht von sich ablenken", meinte Freya. "Es wirkt, als würde sie engagiert den Täter suchen lassen. Vermutlich glaubt sie, du kriegst eh nichts raus."

Ich erinnerte mich an den abschätzigen Blick der Witwe. Sollte Freya recht haben? Gleichzeitig war mein Stolz gekränkt. "Natürlich finde ich heraus, wer der Täter war. Und wenn ich Stunden in dieser Bibliothek hocken muss."

Freya fingerte an ihrer Zigarette herum. "Uni ist nix für praktisch Bildbare."

"Noch so'n Spruch, Kiefernbruch", konterte ich lustlos. "Wenn ich Managern nachspionieren kann, kann ich auch die Profs aufmischen."

Freya wurde ernst. "Klar kannst Du das." Sie steckte die Zigaretten entschlossen wieder weg. "Bei praktisch bildbar fällt mir was ein: Die Birne im Flur ist durchgebrannt, kannst du sie wechseln?"

Wir wussten beide, dass sie zwei linke Hände hatte. Wahrscheinlich würde sie beim Austausch der Birne von der Leiter kippen oder vom Stromschlag getroffen werden.

"Klar, dafür machst du meine Steuererklärung – dann sind wir quitt." Ich hielt ihr meine offene Hand hin. Die Steuererklärung war für sie ein Klacks. Ein fairer Deal.

9

ANGESCHLAGEN

Ein Mercedes schnitt mich, als ich in die Linksabbiegerspur zum Südfriedhof einschwenkte. Wahrscheinlich ein Offenbacher! Die Fahrer aus der Nachbarstadt machten den Frankfurter Verkehr unsicher.

Ich kämpfte mich die steile Darmstädter Landstraße hoch. Hier in der Nähe des Friedhofs waren eine ganze Reihe von Läden für Grabfloristik. Einer von ihnen musste den Grabkranz für Knettenbrech geliefert haben - wenn sich die Witwe an die richtige Adresse erinnert hatte.

In den Blumenläden war es kühl und feucht. Sie erinnerten eher an Grabkammern als an Frühlingswiesen. Meist fertigten mich blutjunge Verkäuferinnen ab, die allesamt nicht besonders helle schienen. Mit so etwas wie Buchhaltung beschäftigten sich Floristen offensichtlich nicht. Sie schienen die eingehenden Bestellungen auf Zettel zu schreiben und auf einen Spieß zu pinnen, bis sie erledigt waren. Dann wanderten die Zettel in den Papierkorb. Die

Mädchen hatten keinen Zugang zur Buchhaltung und meinten, ich solle die Besitzer anrufen, wenn ich Näheres wissen wollte.

Anscheinend war es überflüssig gewesen, den ganzen Berg hochzustrampeln. Ich überlegte, ins Büro zurückzukehren und am Telefon weiterzumachen. Da sah ich an einer Straßenecke noch einen Laden. Die Auslage wirkte verstaubt.

Ich betrat einen Raum, der die Luftfeuchtigkeit einer Sauna aufwies. Eine Frau mit roten Pusteln im Gesicht fummelte an einem Blumengesteck mit Chrysanthemen herum. Es erinnerte mich an die Blumensträuße, mit denen meine Mutter versucht hatte, etwas Farbe in unsere Spießerwohnung zu bringen. Eine Wohnung, in der ich vor Langeweile umgekommen war, Blumen hin oder her.

Eine ältere Frau in grauem Mantel fragte die Verkäuferin etwas, das ich nicht verstand. Hessisch war für mich eine Fremdsprache.

"Hab ich diese Woche nicht, versuchen Sie's mal beim alten Heinrich."

Die Alte murmelte etwas und ging.

Ich sagte meinen Spruch von einem Grabkranz und der fehlerhaften Rechnung auf. Das Mädchen zuckte nur mit den Schultern. Ich stellte fest, dass der Ausschlag auch ihre Hände bedeckte. Sie stieß gelbe Blumen in grünes Moosimitat, als würde sie jede einzelne hassen.

Mutlos verließ ich den Laden. Ich war keinen Schritt weitergekommen. Musste mich an den Hörer hängen und die Besitzer durchtelefonieren. Oder die Witwe hatte sich geirrt und der Laden war nicht in der Darmstädter Landstraße.

Gerade wollte ich mich auf mein Fahrrad schwingen, als mir etwas einfiel. Ich ging noch mal zurück in den frostigen Laden.

"Der alte Heinrich, wo hat der seinen Laden?"

Das Mädchen guckte kaum auf von dem Gesteck. Sie deutete mit dem Daumen über ihre Schulter. "Hintereingang vom Friedhof."

Eine letzte dieser Blumengrotten konnte ich noch besuchen. Nur der Vollständigkeit halber. Ich wandte mich nach links und folgte der Mauer des Friedhofs, bis ich an einen Seiteneingang kam. Ein winziges Gebäude lehnte sich an die Friedhofsmauer aus rotem Sandstein. Dort war ein kleiner Laden. Die Scheiben des Schaufensters waren stark beschlagen. Als ich reinkam, bimmelte eine Glocke über der Tür.

Hinter der Theke stand ein älterer Mann mit dicker Brille und blauem Overall. Er wand mit breiten, aber geschickten Fingern Tannenzweige um ein Drahtgestell und hörte mir nur mit halbem Ohr zu. Ich faselte was von einer Mahnung, die er mir gesandt habe und die ich begleichen wollte.

Nach einer Weile sickerte die Nachricht zu ihm durch, dass es um Geld ging, um sein Geld. Er griff nach einem speckigen Aktenordner. Nach einigem Blättern schlug er eine Seite in dem Ordner auf und legte seinen dicken Finger auf eine Zeile.

"Ein Trauerkranz im Wert von 120,45 Euro. Lieferadresse: Heribert Knettenbrech, Justinianstraße. Das meinen Sie?" Der Florist blickte mich an. Seine Brille vergrößerte seine weitsichtigen Augen, so dass er wie ein Uhu aussah. "Der Kranz wurde bar bezahlt. Sie haben ganz sicher keine Mahnung von mir bekommen." Das klang drohend. Zweifelte ich etwa an seiner Buchhaltung?

"Wie sah der Kunde aus?"

"Ist das ein Ratespiel? Versteckte Kamera, oder was?"

So kam ich nicht weiter. Ich zückte meine Visitenkarte mit der Aufschrift "Privatdetektivin" und hielt sie dem Mann unter die Nase.

Er legte seinen Kopf zurück, fixierte die Karte. "Detektivin. Ich dachte, die gibt es nur im Film. Was kriege ich denn, wenn ich mich an diesen Kunden erinnere?"

Das Fernsehen hat die guten Sitten verdorben. Jeder daher gelaufene Zeuge nahm an, dass Detektiven die Geldscheine nur so aus den Taschen wachsen, wenn es um Aussagen geht. Ich erinnerte mich an das fürstliche Honorar, das die Witwe mir versprochen hatte, zückte einen Fünf-Euro-Schein und steckte ihn dem Floristen in die Brusttasche des Overalls.

Der brummte zufrieden. "Ich kann ihnen nur eins sagen: Ich habe so an die 350 Kunden im Monat. Stammkunden und andere. Dies war kein Stammkunde."

"Sondern?"

"Meist kaufen bei mir Frauen über 60, wenn Sie verstehen."

Dafür hatte ich fünf Euro bezahlt? Ich wollte einen Namen. "Wer hat den Kranz bezahlt?"

"Professor Dr. Heribert Knettenbrech, steht doch hier."

"Der war es aber nicht. Jemand hat seinen Namen benutzt."

Der Uhu grübelte. Schließlich brummelte er: "Er hat sich als Professor Knettenbrech vorgestellt, daran erinnere ich mich. Dachte noch, will er eine Sonderbehandlung wegen seines Titels oder was."

"Wie sah er aus?"

"Ich habe nicht darauf geachtet." Er rückte seine Brille auf der Nase zurecht. "Außerdem seh ich schlecht. Es war jedenfalls keine ältere Dame, so wie mein sonstiger Kundenkreis."

Das wussten wir schon. "Also, es war keine Frau, sondern ein Mann", fasste ich zusammen.

"Genau, es war auf jeden Fall ein Mann. Schauen Sie, die Unterschrift unter der Auftragserteilung wirkt auch nicht sehr feminin." Er drehte seinen Ordner um, so dass ich die Unterschrift sehen konnte.

Ein Gekritzel, das ebenso gut Müller oder Schnüller oder auch Küllmann bedeuten konnte. Oder etwa Huber? Aber da war mehr oder weniger deutlich ein "ü" zu erkennen. Und wirkte der Schriftzug männlich? Was im Himmel sollte das heißen? Jedenfalls hatte der Unterzeichner seinen Kuli so fest aufgesetzt, dass die Punkte über dem "ü" Löcher ins Papier gestanzt hatten. Ich zückte mein Handy und fotografierte die Unterschrift.

"Hey, das geht nicht, das fällt unter Datenschutz."

Ich steckte dem Floristen einen weiteren Fünfer und meine Visitenkarte in die Brusttasche seines blauen Kittels. "Wenn Ihnen noch was einfällt, rufen Sie mich an." Auch ich hatte meine Rolle im Fernsehen gelernt.

Meine Hoffnungen ruhten jetzt auf einem Besuch bei "Pietät Eilrich" oder ähnlich, die den Sarg geliefert hatten. Das sollte Tante Google wissen.

Ich schwang mich aufs Rad und ließ es die Straße runterrollen, die ich heute Morgen mühsam hochgeradelt war. Plötzlich wechselte ein tiefer gelegter Mazda vor mir in meine Spur. Sein hinterer Kotflügel kam meinem Vorderrad bedrohlich nahe.

Ich bremste.

Das Rad brach nach rechts aus.

Es holperte heftig rüttelnd über das Pflaster des Rinnsteins.

Ich hielt den Lenker mit aller Kraft fest und brachte es wieder unter Kontrolle.

Da lag ein dicker Ast quer in der Gosse. Ich donnerte über ihn, er zerbrach mit einem Knall, aber mein Vorderrad stellte sich quer.

Mein Körper schwebte über den Lenker. Ich erlebte den Sturz quasi in Zeitlupe, konnte ihn aber nicht verhindern. Mit dem rechten Knie blieb ich am Rahmen des Rads hängen. Ich riss die Arme nach vorne, um mich abzufangen. Mit einem heftigen Schlag landete ich auf dem Asphalt.

Schmerz zuckte durch meinen Körper. Ich rappelte mich hoch und kroch auf den Bürgersteig, um nicht überfahren zu werden.

Reifen quietschten. Hinter mir legte jemand eine Vollbremsung hin.

Ich sackte gegen einen Laternenmast. Meine Knie zitterten. Mir war flau im Magen.

Aus dem Wagen, der hinter mir gestoppt hatte, starrte mich ein Mann an, gab Gas und fuhr weiter.

Der Verkehr rauschte an mir vorbei, während ich meine Knie unter Kontrolle zu bringen versuchte.

Vorsichtig bewegte ich meine zerschrammten Hände. Obwohl sie bluteten, schien nichts Wichtiges verletzt zu sein. Die Hose war an den Knien aufrissen. Die Knie bluteten. Vorsichtig versuchte ich, meine Beine zu bewegen. Das ging, wenn auch unter Schmerzen. Gebrochen hatte ich mir offensichtlich nichts. Stöhnend rappelte mich auf.

Das Rad lag etwas weiter unten am Straßenrand. Es war zerschrammt, schien aber unbeschädigt. Ich stützte mich auf mein Bike und humpelte die Straße hinunter bis zum Südbahnhof, wo ich in die S-Bahn stieg. Vom Radfahren hatte ich die Nase voll.

Der Wagen, der mich geschnitten hatte, hatte ein Offenbacher Nummernschild gehabt.

Ich war mich ganz sicher.

10

BESUCH

Die Dusche entspannte mich, doch das Wasser brannte in den Schrammen an Händen und Knien. Als ich die Wunden gereinigt hatte, sahen sie harmlos aus, brannten deshalb aber nicht weniger. Ich pappte Pflaster drauf.

Dann suchte ich saubere Klamotten. Vergeblich. Ich beschloss, zum Waschsalon zu fahren, bevor ich mir eine wohlverdiente Pizza reinzog. Ich stieg also in eine etwas weniger verdreckte Jeans und kramte eine Bluse hervor, die ich einst in einem Anfall von Hippiewahn lila gebatikt hatte.

Dann schleppte ich mich die Treppe runter. Unten merkte ich, wie müde ich war.

Der Waschsalon musste warten. Ich ließ meine Tüte mit der Wäsche im Hausflur stehen und ging Pizza holen.

Als ich wieder in meine Straße einbog, sah ich jemand auf den Treppenstufen vor unserer Haustür sitzen. Die Gestalt kam mir bekannt vor. Schwere schwarze Lederjacke über einem breiten Kreuz, klobige Stiefel und bunte Haare.

"Wombel! Was machst du denn hier?"

Der Typ richtete sich auf: "Ey, da bist Du ja endlich! Super, es gibt Pizza."

Immer heißhungrig. Mein Kumpel hatte sich nicht verändert. Statt blauer Haare trug er jetzt die Seiten kahlgeschoren und einen roten Irokesen in der Mitte des Schädels. Doch Lederjacke, Militärhose und Springerstiefel waren dieselben wie damals in Hamburg, das würde ich schwören. Neben ihm stand ein khakifarbener Seesack. Ich wusste, was da drin war: Ein Schlafsack, Unterwäsche, T-Shirts, Zahnputzzeug.

"Auf Durchreise?"

Wombel zuckte die Schultern. Er schaute mich mit Dackelblick an. "Wir sind zu einem Konzert getrampt, aber die Schlafplätze sind schon alle weg. Ich kann doch bei dir pennen?"

Das klang nicht nach einer Frage.

Dabei hatte ich eigentlich die Nase voll von Wombel. Als unser Haus geräumt wurde, hatte er in der nächst besten Kneipe die nächst beste Tussi angebaggert, nur um ein Dach über dem Kopf zu haben. Bei mir hatte er sich nicht gemeldet. Ich hatte die Nächte auf einer Parkbank verbracht und eine Lungenentzündung bekommen. Die alte Enttäuschung kochte wieder hoch.

"Woher weißt Du, wo ich wohne?"

"Ich hab im Ex gefragt. Vera hat mir die Adresse gegeben." Wombel guckte wie ein Dackel, der Frauchen um ein Leckerchen anbettelt.

Im Ex, dem autonomen Zentrum in der Leipziger Straße, half ich Vera hin und wieder beim Thekendienst. Dafür gab es Freibier und gute Mucke.

Wombel redete weiter: "Das Konzert wird sicher supergeil. Willste nicht mit?" Wieder der Dackelblick.

Ich war hundemüde. Während Wombel weiter brabbelte, rotierten in meinem Kopf die Dinge, die ich erledigen musste. Am Institut rumschnüffeln, Alibis überprüfen, Kandidaten für Meier checken, Steuererklärung erledigen – ach nein, das übernahm Freya. Konnte Wombel nicht auch was beitragen? Außerdem konnte ich ihn nicht auf der Straße stehen lassen. "Komm rein!"

Ich griff mir den Wäschesack und wir stiegen ins Dachgeschoss zu meiner Einzimmerwohnung. Dort steuerte Wombel auf den Kühlschrank zu und griff sich eines der drei Biere, die dort lagerten. Er fläzte sich auf die Matratze, knackte mit den Zähnen den Kronkorken und spuckte ihn aus. Der Deckel rollte über die Dielen, bis er ermüdet liegen blieb. Ganz wie früher, aber hier putzte ich höchstpersönlich – hin und wieder jedenfalls.

Wombel griff sich den Karton und nahm ein Viertel Pizza, stopfte es sich in den Mund. Er spülte mit Bier nach und blickte sich um.

"Sieht ja aus wie damals in Hamburg."

"Hast du Designermöbel erwartet?" Ich sicherte mich ein Stück Pizza und holte mir auch ein Bier, obwohl mir fast die Augen zufielen.

"Du bist doch jetzt mit dieser rothaarigen Adelstochter verbandelt."

Vera war eine Plaudertasche. Sie konnte in Zukunft ihren Thekendienst alleine schieben.

"Lass Freya aus dem Spiel", sagte ich scharf. Dann erklärte ich ihm unseren Deal mit der Detektei im Dachgeschoss der Villa, in der ihre Kanzlei war. Freya berechnete nur eine winzige Miete und versorgte mich mit Aufträgen. Ich suchte nach Exmännern ihrer Klientinnen, die nach der Scheidung abgetaucht waren.

Wombel grinste abfällig. "Bist jetzt ne Dame, wa? Hast Dich nicht mehr blicken lassen bei uns im Norden."

Wombel war waschechter Hanseat. Soweit ich wusste, war er das schwarze Schaf einer Hamburger Reederfamilie, trotzdem bemühte er sich krampfhaft um einen Berliner Dialekt. Berlin war für die Punks das Höchste, die Stadt grenzenloser Saufgelage, geiler Konzerte und sagenhafter Häuserkämpfe. Demnächst würde Wombel auch noch "icke" sagen.

"Ich hab zu viel zu tun."

"Als Schnüfflerin?"

"Irgendwie muss man sein Geld verdienen."

"Spionierst du treulosen Ex-Ehemännern hinterher?"

"Ich ermittle in einem Mordfall."

Das war mir so rausgerutscht. Jetzt war Wombel nicht mehr zu bremsen. Er fragte mich aus.

Ich begann zu erzählen.

Wombel hörte mir gebannt zu. Er nahm einen großen Schluck Bier und rülpste. "Der Huber, dieser Prof, der hat was mit der Witwe?"

"Das ist nur eine Vermutung."

"Dann beschatte den doch."

Ich schaute ihn überrascht an. Mischte er sich in meine Ermittlungen ein? Andererseits, das war tatsächlich eine der Spuren, denen ich noch folgen musste.

Wir hatten die Pizza aufgegessen und teilten uns das dritte Bier. Schließlich legte Wombel seinen Arm um mich. Ein vertrauter Geruch stieg mir in die Nase: Eine Mischung aus abgestandenem Rauch, Männerschweiß, Bierdunst und lange nicht gewaschenen Klamotten. Ich sog den Geruch tief in mich ein und wunderte mich, wie angenehm das war. Als würde ich nach langer Zeit nach Hause kommen. Ich schmiegte mich in Wombels Arme. Wir würden im Bett gut harmonieren, das wusste ich aus Erfahrung.

11

DER SARG

DAS TELEFON RISS mich aus dem Schlaf. Ich angelte über Wombel hinweg nach dem Handy. "Ja?", brachte ich hervor.

"Frau Hardenberg, wie sieht es aus, haben Sie Ergebnisse?"

Ich murmelte irgendwas Unverständliches.

"Mein Mann wurde … Also, sein Körper …" Sie stockte. Sabine Knettenbrech hatte forsch geklungen, aber jetzt brach ihr die Stimme.

Ich hörte sie schlucken.

Sie nahm einen neuen Anlauf.

"Die Herren von der Gerichtsmedizin haben meinen Mann frei gegeben. Montag ist die Beerdigung. Um elf auf dem Hauptfriedhof. Eine Gelegenheit für Sie, unser Umfeld kennenzulernen. Ich erwarte Sie am Montag zu sehen."

Ich versprach zu kommen.

"Bringen Sie einen Zwischenbericht mit. Ich will Ergebnisse sehen. Will endlich wissen, wer meinen Mann ..." Sie stockte. "Wer meinen Mann auf dem Gewissen hat."

Ich murmelte eine ausweichende Antwort. Es gab noch eine Menge Laufarbeit zu erledigen.

Um sie abzulenken, fragte ich: "Hat die Polizei schon was Neues herausgefunden?"

"Was glauben Sie!" Die Witwe hatte sich wieder gefangen. "Ich habe Ihnen von Anfang an gesagt, auf die Polizei ist kein Verlass. Sie haben noch nicht mal Fingerabdrücke gefunden! Unfähig, völlig unfähig!"

Bevor ich antworten konnte, hatte sie den Hörer auf die Gabel geknallt. Keine Fingerabdrücke - das wies auf einen professionellen und gut vorbereiteten Täter hin.

Ich durchforstete das Internet nach einem Bestattungsinstitut namens Eyrich oder Eilrich in Frankfurt. Davon hatte Sabine Knettenbrech bei unserem Treffen gesprochen. Nach einigen Fehlversuchen stieß ich auf "Pietät Eillrich, Erd – Feuer – Seebestattung, Tag und Nacht erreichbar." Eine Adresse in der Mainzer Landstraße im Stadtteil Gallus. "Alle Stadtteile, Übernahme der Formalitäten, Überführungen weltweit." Ich rief an und vereinbarter einen Termin mit Eillrich Junior.

Viel versprach ich mir davon nicht. Wer es geschafft hatte, anonym eine Todesanzeige aufzugeben und einen Grabkranz zu bestellen, würde auch beim Bestattungsinstitut keine Adresse hinterlassen haben. Aber versuchen musste ich es, dachte ich, während ich zum Bestattungsinstitut radelte. Es lag im Erdgeschoss eines Wohnhauses. Im Schaufenster stand eine moderne Skulptur, von der ich nicht erkennen konnte, was sie darstellte. Ein Werbeschild rief zur Vorsorge auf. Als ob man gegen den Tod vorsorgen könnte.

Ich klingelte und eine Frau öffnete. Ich hatte einen betagten Herrn erwartet, warum auch immer. Die Frau war nicht viel älter als ich. Sie hatte hellbraune Locken, wache Augen und war ungeschminkt. Sie bat mich in einen hellen Salon, in dem einige Sessel um einen niedrigen Tisch standen. Auf dem Tisch stand ein Blumengesteck, daneben lag ein Stapel Kataloge.

Eillrich hob zu Beileidsbekundungen an.

Ich stoppte sie: "Es geht um eine Auskunft." Ich reichte ihr meine Visitenkarte.

Die Bestatterin blickte von der Karte auf mein Gesicht und zurück. Sie musterte mich lange. Dann sagte sie nur ein Wort: "Und?"

Ich erklärte ihr mein Anliegen. Wer hatte einen Sarg für Knettenbrech bestellt?

"Knettenbrech, Knettenbrech ... Hab ich in der Zeitung gelesen, das war der Professor, der ermordet wurde? Meines Wissens betreut ihn unser Haus nicht, aber wenn Sie wünschen, schlage ich nach."

"Nein, es geht nicht um den verstorbenen Knettenbrech. Wie soll ich sagen, bevor er starb, bekam er einen Sarg."

Eillrich schaute mich scharf an.

"Wie das? Ahnte er, dass er sterben würde? Hatte er den Sarg vorsorglich bestellt?" Sie runzelte die Stirn. "Das wäre wirklich sehr ungewöhnlich, auch daran würde ich mich erinnern."

"Nein, irgendjemand anders hat ihm den Sarg bestellt, und ich will wissen, wer. Es schien eine Art Drohung oder Warnung zu sein."

Jetzt verstand sie.

"Wann soll das gewesen sein?"

"Vor etwa zwei Wochen."

"Warten Sie." Sie griff zu einem Telefon, das unauffällig auf einer Anrichte stand und rief eine Sekretärin an.

Bald hatten wir einen Stapel Ausdrucke mit Tabellen vor uns liegen. Eillrich musste nicht lange suchen.

"Da, der Liefervorgang 'Knettenbrech'." Sie deutete auf die Spalte mit den Kundennamen.

Der Sarg, den Knettenbrech zurückgewiesen hatte, kostete fast 3.000 Euro. Da die Annahme verweigert worden war, war diese Summe noch offen. Die Angestellten des Beerdigungsinstituts hatten die edle Kiste wieder mitgenommen.

"Jetzt warten wir, ob ein anderer Kunde Interesse an dem Modell mit genau dieser Ausstattung hat. Es steht hinten im Lager, wollen Sie es sehen?"

Ich winkte ab. An dem Sarg selbst würde ich nichts erkennen.

"Mich interessiert, wer die Bestellung aufgegeben hat. Kam die telefonisch?"

"Telefonisch übernehmen wir keine Aufträge. Wir brauchen eine Unterschrift, es geht ja um größere Summen. Außerdem ist mir lieber, wenn die Kunden einige Modelle angucken. Wer kann heute schon noch einen Kiefernsarg von einem Eichenmodell unterscheiden?"

"Hm", machte ich, denn sie schien eine Antwort zu erwarten.

"Eine Sache war ungewöhnlich. Heute stirbt man meist im Krankenhaus, deshalb liefern wir dahin. Oder die Verstorbenen werden direkt zu uns gebracht. Aber eine

Lieferung an eine Privatadresse ist selten", erklärte Eillrich und schob eine Locke hinters Ohr. "Deshalb kann ich mich an diesen Vorgang erinnern. Ein Herr mittleren Alters hat die Bestellung aufgegeben. Er sagte, er sei der Bruder des Verstorbenen."

"Wie sah er aus?"

"Kann mich nicht erinnern. Hier gehen jede Woche Dutzende Kunden ein und aus." Sie zuckte entschuldigend mit den Achseln. "Ist ja auch schon etwas länger her."

"Kann ich die Bestellung sehen?"

Eiilrich telefonierte wieder. Diesmal dauerte es etwas länger, dann kam die Sekretärin und brachte einen Bestellschein. Er trug die gleichen Krakel als Unterschrift wie der Lieferzettel für den Grabkranz des Floristen. Eine unleserliche Unterschrift, gekrönt von Pünktchen, die das Papier fast durchstanzten.

Das Einzige, was mir dieser Besuch gebracht hatte, war die Bestätigung, dass ein und dieselbe Person den Grabkranz und den Sarg bestellt hatten. Daran hatte ich eigentlich nicht gezweifelt.

Ich bat Eillrich, sich bei mir zu melden, falls ihr noch was einfiel.

Als ich mich verabschieden wollte, sagte Eillrich: "Ich bin neugierig, aber – Privatdetektivin, das ist ein seltsamer Beruf für eine Frau, oder?"

"Nicht seltsamer als Bestatterin."

Eillrich lächelte. Sie fuhr mit den Händen durch ihre Locken, schob sie nach hinten. "Ich habe das Institut von meinem Vater übernommen. Ist ein guter Job. Sie wissen schon, gestorben wird immer."

"Sehen Sie, und fremd gegangen auch."

12

AN DER UNI

MEIER NAHM SICH KEINE ZEIT, "Guten Morgen" zu sagen. Das Bürotelefon klingelte, als habe es auf meinen Besuch im Büro gewartet. Heute schien der Tag zu sein, an dem keiner grüßte. Meier machte mich zur Sau, weil ich die Lebensläufe der IT-Techniker für die Großbank noch nicht gecheckt hatte. Ich versuchte, ihn hinzuhalten. Als das nichts fruchtete, erklärte ich: "Ich ermittle in einem Mordfall, Herr Meier."

Er lachte dröhnend. "Die kleine Hardenberg hat große Ambitionen, was?" Dann brüllte er: "Mordfall hin oder her, bis 13 Uhr habe ich Ihren Bericht auf dem Tisch." Er knallte den Hörer auf die Gabel.

"Die kleine Hardenberg!" Dem würd' ich's zeigen. Eines Tages wäre ich die erste Adresse der Stadt, wenn es um Mordermittlungen ging. Meier würde bei seinen Wirtschaftsermittlungen verschimmeln.

Ich verlor mich in Tagträumen, bis mir klar wurde: Ich

konnte es mir nicht leisten, Meier als Auftraggeber zu verlieren. Wie oft hatte ich schon einen Mordfall zu lösen?

Den Rest des Vormittags verbrachte ich damit, in Hochschulsekretariaten und bei Konzernen anzurufen. Meist gab ich mich als Angestellte der Sozialversicherung aus, die routinemäßig Rentenversicherungszeiten überprüfte. Das schüchterte die Sekretärinnen, die ich an den Hörer kriegte, so ein, dass sie ohne weitere Fragen die Daten ehemaliger Mitarbeiter rausrückten. Gegen Mittag war ich endlich fertig. Einer der Manager hatte einige Löcher in seinem Lebenslauf verschwiegen. Mal war er Wochen früher aus einer Firma ausgeschieden als angegeben, mal etwas später eingestiegen. Wahrscheinlich war es ihm peinlich, durch ein paar Monate Arbeitslosigkeit seinen Vorzeigelebenslauf zu verunstalten. Meine Arbeit würde ihm die Vermittlung durch den Headhunter, der Meier beauftragt hatte, ruinieren. Ich verbrachte weitere zwei Stunden damit, einen Bericht über diese Erkenntnisse zu tippen, bis ich Meier meine Ergebnisse mailen konnte.

Dann ging ich zu Freya runter. An der Tür stieß ich fast mit ihr zusammen. "Gehen wir Mittag essen?"

Sie wedelte mit ihrer Aktentasche. "Muss zum Gericht!" Das hätte ich mir denken können, denn sie trug ihr hellgraues Kostüm. Darin sah sie aus wie eine Staranwältin in einer Fernsehserie. Nur das rote Haar strömte in ungebändigten Wellen über ihre Schultern.

Ich begleitete sie zur Tür. "Ich hab da eine Idee: Was hältst du davon, wenn ich mich an der Uni als Privatdetektivin oute? Vielleicht drängt das den Mörder in eine Ecke und er verrät sich."

Freya blieb stehen. "Bist du verrückt? Damit er dich auch noch umbringt? Sonst fällt dir nichts ein?"

"Doch, doch", murmelte ich. Das ging nur verdammt zäh voran. Ich musste irgendwie Schriftproben der Mitarbeiter des Instituts besorgen. Außerdem herausfinden, ob Professor Huber was mit Sabine Knettenbrech hatte. Mehr als genug zu tun.

"Pass bloß auf dich auf", rief Freya und eilte davon. An der Ecke zur Bockenheimer Landstraße stoppte sie ein Taxi. Sie winkte mir vor dem Einsteigen zu.

Wohl oder übel musste ich den Routinekram erledigen. Ich holte ein Käsebrötchen vom Bäcker und fuhr ins Institut. Alle Büros waren zu, kein Laut zu hören. Nur die Bibliothek war geöffnet.

"Ist ja wie ausgestorben hier", trötete ich Schlagnach entgegen.

Schlagnach schluchzte laut auf. "Sag nicht so was. Noch leben wir!" Sie schniefte in ihr Taschentuch.

"Wo sind die anderen?"

"Striebel ist oben, die Doktoranden sind noch nicht aufgetaucht, Huber kommt später."

"Bestimmt steckt der bei der Witwe."

Schlagnach vergaß zu schniefen. "Wo?"

Da war mir was rausgerutscht. "Na, die Witwe, die Frau von Knettenbrech. Mit der hat er doch was?" Ich blickte sie herausfordernd an.

"Wie kommst du darauf?"

"Die sehen sich öfter, hab ich gehört."

Schlagnach seufzte. "In diesem Institut wird getratscht, das gibt es nicht!" Empört schnaubte sie ins Taschentuch.

"Und, stimmt's nicht?"

Sie machte eine wegwerfende Handbewegung. "Die beiden haben die Ehrung für Knettenbrech vorbereitet. Es sollte ein Symposium stattfinden zu seinem 55. Geburtstag."

Ich starrte sie entgeistert an.

"Das war streng geheim. Sollte eine Überraschung sein. Huber ist für das wissenschaftliche Programm zuständig, Frau Knettenbrech für die Gästeliste und ich kümmere mich um den Raum, die Bestuhlung und das alles." Sie machte eine Pause. "Jetzt natürlich nicht mehr." Sie schniefte wieder und kramte in ihrer Tasche nach einem Tempotuch.

"Verstehe", sagte ich und versuchte, es nicht allzu enttäuscht klingen zu lassen.

13

DER KANDIDAT

HÄTTE ich mich bloß vom Institut ferngehalten. Kaum war ich hier, wurde ich mit Arbeit eingedeckt. Die Bibliothekarin erklärte mir das Ablagesystem. Ich sollte die zurückgegebenen Bücher in die Regale sortieren. Das dauerte eine Weile. Schließlich druckte sie eine Liste aus und drückte sie mir in die Hand. "Professor Striebel hat Fachbücher ausgeliehen, die wir für das Einführungsseminar benötigen. Er hat die Ausleihfrist um Wochen überzogen."

Ich sollte die Bücher zurückholen. Wenigstens konnte ich die verstaubte Bibliothek einen Moment verlassen. Außerdem war ich neugierig, wer dieser Kollege von Knettenbrech war. Die Witwe hatte nur von Huber gesprochen, nie von einem Striebel. Ich stieg zu seinem Büro in der dritten Etage hoch und klopfte.

Ein Brummen war die Antwort.

Ich trat ein.

Ein Mann in einem ausgebeulten braunen Cordanzug stand am Fenster und blickte auf die Bäume draußen, die ihre ersten zartgrünen Blätter entfalteten. Er drehte sich um, als er mich eintreten hörte. Eine gewaltige Nase prägte sein Gesicht, darunter ein Drei-Tage-Bart. Ein mächtiger Bauch wölbte sich über dem Hosenbund. Seine Figur erinnerte an ein Nilpferd.

Ich stellte mich als neue Bibliotheks-Hilfskraft vor, zeigte ihm die Liste und fragte nach den Büchern.

"Gut, dass Schlagnach endlich Hilfe hat. Hätte der alte Knettenbrech schon lange organisieren können."

Striebel war deutlich älter als Knettenbrech, ich schätzte ihn auf mindestens 60. Außerdem schien er seinen Institutsleiter nicht sehr zu vermissen.

"Könnten Sie mir die Bücher mitgeben? Wir brauchen sie für die Erstsemester-Veranstaltung."

"Die sollen bei mir stehen?" Striebel grummelte etwas, versprach, sich später darum zu kümmern, und legte die Liste auf einen der meterhohen Papierstapel auf seinem Tisch. Zwischen den Stapeln standen Tassen, in einigen trockneten Teebeutelchen vor sich hin. Nur ein kleiner Bereich des Tisches war freigeräumt, hier lag ein Manuskript, beleuchtet von einer Arbeitslampe.

Bald würde mein Zettel genauso vergilbt sein wie die übrigen Papiere. Staub würde sich über ihn legen, erst dünn, dann in immer dickeren Schichten.

Das Nilpferd im Cordanzug unterbrach meine Gedanken.

"Hat Schlagnach gesagt, wo wir Mittag essen?"

Ich hatte keine Ahnung, merkte aber, dass ich Hunger hatte. Ein Blick aufs Handy zeigte, dass es bereits Mittag war. Der Besuch bei der Bestatterin und die Arbeit in der Bibliothek hatten die Zeit schnell verstreichen lassen.

Striebel kam mit mir die Treppe hinunter. Während das Institut eben noch verlassen schien, hatte sich jetzt ein Grüppchen Leute bei Schlagnach versammelt. Die meisten kannte ich nicht.

Wir gingen ins Lilium, einem Lokal in einem Hinterhof der Leipziger Straße. Dort gab es preiswerte Angebote für den Mittagstisch, darunter viele Sorten Flammkuchen. Ich bestellte einen und beobachtete den jungen Typen neben mir, der sich als Umut vorgestellt hatte. Dunkle, warme Augen mit extra langen Wimpern. Kuhaugen, dachte ich.

Außerdem gehörten der hagere, storchartige Professor Huber zu unserem Team, den kannte ich ja schon. Die Sekretärin von Knettenbrech war nicht dabei. Sie habe einen Nervenzusammenbruch erlitten, hatte die Bibliothekarin mir erzählt. Neben Schlagnach saß ein bleicher Jüngling mit dicker Brille am Tisch. Seinen Namen hatte ich nicht mitbekommen. Während der Jüngling kaum etwas sagte, ereiferte sich Huber über die Politik des gegenwärtigen Hochschulrektors. Striebel widersprach ihm hin und wieder, was den Storch noch mehr aufregte.

Ich verstand nicht, was Huber so in Rage brachte. Aber jetzt erinnerte ich mich, dass ich seine Stimme schon einmal gehört hatte. Und damals hatte er sich ebenso ereifert. Ich mampfte meinen Flammkuchen, während Huber die Politik der Bildungsministerin aufs Korn nahm. Nach einer Weile fiel es mir ein: Das war die krächzende Stimme, die ich an meinem ersten Tag im Institut gehört hatte. Jemand hatte Knettenbrechs Büro verlassen, als ich die Treppe hochkam. Das war diese krächzende Stimme gewesen. Huber also. Er hatte nicht nur etwas gegen die Bildungsministerin und den Rektor der Uni, sondern auch gegen seinen Institutsleiter. Eventuell war er auch hinter der Frau des Ermordeten her. Damit bot er sich als Verdächtiger Nummer eins an.

Vielleicht war mein Undercover-Einsatz an der Uni doch keine so dumme Idee. Langsam bekam ich einen Überblick über das "berufliche Umfeld" Knettenbrechs. Ich warf einen Seitenblick auf Umut. Der hatte gebratene Leber mit Reis bestellt und putzte sein Essen weg, ohne aufzusehen.

"Sag mal, wieso nennt ihr die Bibliothekarin 'Schlagnach'?" Das hatte sie mir zwar schon erklärt, aber ich stellte mich dumm.

"Sie weiß immer, wo was nachzuschlagen ist. Kennt die Bücher besser als wir. Ohne Schlagnach wären wir aufgeschmissen."

Umut wandte sich wieder seinem Teller zu.

Die mopsige Bibliothekarin schien tatsächlich eine Schlüsselstellung zu besitzen.

"Und der Dünne, wer ist das?"

Umut unterbrach sein systematisches Essen. "Haben sie sich nicht vorgestellt?" Er deutete mit kurzem Kopfnicken auf den hageren Storchen-Typ "Professor Siegmund Huber, Spezialgebiet Ur-Artu.". Dann blickte er zu dem bleichen Jüngling mit der Brille aus Glasbausteinen. "Clemens Wagner, mein Kollege sozusagen." Wagner lächelte mich unsicher an, als er merkte, dass die Rede von ihm war.

Jetzt erinnerte ich mich an das Zimmer mit dem Meerschweinchen. Wagner und Öztürk teilten sich ein Büro. Von Umut Öztürks Schreibtisch hatte ich ein Bonbon geklaut.

Dabei wirkte er gar nicht so, als würde er den ganzen Tag Süßkram essen. Vielmehr hatte er einen straffen, durchtrainierten Körper.

"Wir sind die Doktoranden von Professor Knettenbrech. Beziehungsweise waren es. Jetzt muss geklärt werden, wie es weiter geht."

Clemens Wagner verzog bei Umuts Worten unglücklich das Gesicht.

Bevor ich nachfragen konnte, wedelte Striebel mit der Menükarte und forderte uns auf, Nachtisch zu bestellen. Er würde die Runde bezahlen. "In Gedenken an den guten alten Knettenbrech."

Schlagnach schniefte und zückte ihr Taschentuch. Sie schien ehrlich um ihren Chef zu trauern. War sie die einzige hier?

Der Nachtisch war exzellent. Mein Undercover-Job war doch nicht so schlecht.

Striebel zog eine Pfeife aus der Tasche. In einer umständlichen Prozedur füllte er sie mit Tabak.

Der hagere Siegmund Huber reichte ihm Feuer.

Striebel nuckelte an seiner Pfeife, bis sie zog. Als er den ersten Schwall Rauch ausstieß, rückten die anderen von ihm ab. Der Professor mit der Nilpferdfigur blickte herausfordernd in die Runde: "Und, wer wird der neue Institutsleiter? Wer wagt es, gegen mich zu kandidieren?"

14

IM WASCHSALON

DER WASCHSALON WAR LEER bis auf einen Penner, der auf einer Bank in der Ecke seinen Rausch ausschlief. Ich stopfte meine Wäsche in eine der riesigen Maschinen und ging zum Bedienungspanel.

Der Apparat schluckte meine letzten Münzen, ich drückte auf die Taste für das Waschmittel. Mit einem lauten "plomp" fiel ein Klumpen Waschmittel aus dem Gerät, doch leider nicht in den dafür vorgesehenen Behälter. Den musste irgendein Idiot verschlampt haben.

Ich starrte auf den seifigen Klumpen Waschpulver. Wohl oder übel musste ich diese Pampe mit den Händen rauskratzen und zur Waschmaschine tragen. Das fehlte mir gerade noch!

Eine Hand legte sich sanft auf meine Schulter. Ich wandte mich um. Zwei Kuhaugen blickten mich freundlich an. Es war Umut, der beim Mittagessen neben mir gesessen hatte. Er lutschte an einem Bonbon. "Willst Du etwas von meinem guten Persil?"

Umut hatte nicht nur seine Wäsche ordentlich in einen Plastikkorb gestapelt, sondern auch eine Tüte Waschmittel, eine Flasche Weichspüler und einen Joghurtbecher zum Abmessen dabei. Unter meinen aufmerksamen Blicken füllte er seine Sachen - darunter auch einige String-Tangas, wie ich bemerkte - in die Maschine neben meiner, füllte beide mit Waschmittel und drückte den jeweiligen Startknopf. Schwerfällig setzten sich die Ungetüme in Gang.

"Das wird ungefähr eine Stunde dauern. Wie wäre es, wenn wir solange zu mir gehen?" Umut schaute mich erwartungsvoll an. "Ich könnte was kochen, meine Wohnung ist gleich um die Ecke."

Ich zuckte die Schultern. Warum nicht? Die Einladung eines attraktiven Mannes würde ich nicht ausschlagen.

Wir verließen den Waschsalon. Tatsächlich wohnte Umut nur ein paar Häuser entfernt. Er kramte nach seinem Schlüssel, als sich die Haustür öffnete und eine Frau mit schwarzen Locken herauskam. Sie trug ein enges Top mit Leopardentupfern.

"Hallo Umut, gibst du mal wieder Türkischunterricht?" Sie blickte ihm tief in die Augen und grinste anzüglich.

Umut knurrte etwas Unverständliches. Wir drückten uns an ihr vorbei in den Hausflur.

Seine Wohnung im ersten Stock war ein Traum. Stolz führte er vor: Drei Zimmer. Eines voller Bücherregale, einem Schreibtisch und Computer, ein gemütliches Wohnzimmer mit einer hellen Coach und ein Traum von einem Schlafzimmer, geschmückt mit türkischen Teppichen und Wandbehängen in warmen Farben.

"Wie kommst du an diese Luxuswohnung?"

Umut zögerte. "Es ist die frühere Wohnung meiner Eltern." Er begann eine umständliche Geschichte zu erzählen von seinem Vater, der als Gastarbeiter gekommen sei. Wir haben hier gewohnt, zu fünft, bis die Eltern wieder in die Türkei zogen. Ich bin hiergeblieben, um zu studieren." Er überlegte, dann sagte er: "Der Mietvertrag ist alt, daher ist die Wohnung bezahlbar."

Er führte mich in die Küche und drückte mir ein Glas Rotwein in die Hand. Ich nippte daran, während Umut sich am Herd zu schaffen machte. Offensichtlich verzichtete er völlig auf die Dienste eines Pizzaboten, denn der Kühlschrank war gut gefüllt und die Küche mit allerhand Geräten profimäßig ausgestattet. Ich war froh, hier nicht zuständig zu sein. Wahrscheinlich hätte ich den Pfannenwender mit der Spaghettizange verwechselt.

Schneller, als ich eine Tiefkühlpizza aufgetaut hätte, zauberte Umut eine Mahlzeit auf den Tisch. Es gab Salat, Reis mit Hackfleischsoße und zum Nachtisch einen höllisch süßen, kleinen Kuchen aus Blätterteig.

Beim Essen redeten wir wenig. Dann zog Umut mich auf die Couch im Wohnzimmer. Er legte Musik auf, sehnsuchtsvolle Songs einer Sängerin mit glasklarer Stimme.

"Sezen Aksu", erläuterte Umut und rückte nah an mich ran.

Er machte einen auf romantisch, aber mich quälte eine Frage. Ich platzte heraus: "Umut, wo warst du am Sonntag?"

Umut richtete sich überrascht auf. "Traust du mir einen Mord zu?"

Ich wand mich. Aus meiner Sicht war jeder verdächtig.

Als ich nicht antwortete, sagte Umut: "Wenn es dir so

wichtig ist, ich war bei meiner Theatergruppe. Wir haben geprobt. In der Bettinaschule im Westend."

Umut nahm einen Schluck Wein. "Reicht das?"

"Versteh doch, ich habe Knettenbrech gefunden. Das war schrecklich. Seither grüble ich, was passiert ist."

"Vergiss das." Umut strich mir vorsichtig über die Haare. Er erzählte von der interkulturellen Theatergruppe, bei der er seit einigen Jahren mitspielte. "Das brauche ich als Ausgleich zu dem Stress an der Uni," erklärte er. Dann verlor er sich in Erläuterungen über die "Diss", wie er seine Doktorarbeit nannte.

Während er sprach, streichelte er mich. Er schob den Ärmel meiner Bluse hoch und entdeckte die Schrammen von dem Fahrradunfall. Mit zärtlichen Händen untersuchte er meine Verletzungen.

Ich genoss die sanften Berührungen.

Umut beugte seinen Kopf zu mir rüber und berührte meine Wange flüchtig mit seinen Lippen. Er roch unaufdringlich nach einem Rasierwasser.

Ich rückte näher an ihn ran.

Die Türglocke schellte. Umut richtete sich auf. Er blickte zur Tür, dann zu mir.

Ich nickte ihm zu. Sollte er doch öffnen, die Stimmung war zerstört.

Umut stand auf und ging zur Tür. Ich konnte nicht genau hören, was er sagte, aber dann kramte er in der Küche herum, ging wieder zur Haustür und schlug sie schließlich lauter als notwendig zu.

"Die Nachbarin", Umut rollte mit den Augen. "Wollte eine Tasse Zucker ausleihen."

"Eifersüchtig?"

"Ja, aber ohne Grund, ich schwör's!"

Umut wusste nicht recht, wo er sich hinsetzen sollte. Er nahm wieder auf dem Sofa Platz, aber hielt Abstand. Keinem von uns fiel ein, wie wir wieder mit der netten Beschäftigung von eben weitermachen könnten.

15

TÜRKISCHE GENÜSSE

"Wie lange dauert das so mit einer Doktorarbeit?" Ich fragte eigentlich nur, damit er weiterredete. Mir gefielen seine warme, dunkle Stimme und die Art, wie er das "r" ganz weich aussprach.

Umut verdrehte die Augen. "Bei einem Korinthenkacker wie Knettenbrech kann das ewig dauern. Vier, fünf Jahre sind da nix. Ich schreibe so lange, bis seine Hoheit es für gut befindet. Jetzt läuft meine Förderung aus und ich muss jobben gehen, um mich zu finanzieren. Dann dauert alles noch länger."

Er verzog den Mund. "Außerdem ist sowieso Chaos ausgebrochen. Eigentlich wollte ich nächsten Sommer fertig sein. Rechtzeitig für das neue Forschungsprojekt, das Knettenbrech angeleiert hat. Das wäre ein idealer Start in eine Karriere an der Uni." Er machte eine Pause. "Jetzt sieht alles anders aus." Umut starrte vor sich hin. "Ich muss mir einen anderen Doktorvater suchen. Möglichst einen, der akzeptiert, was ich bisher geschrieben habe."

"Was ist mit Huber und Striebel? Kann das nicht einer von ihnen übernehmen?"

"Striebel ist der Zweitgutachter. Wäre gut, wenn der jetzt mein Doktorvater wird. Dann brauche ich nur noch einen neuen Zweitgutachter. Huber hat keine Ahnung von meinem Thema. Der ist eh immer nur auf Reisen." Umut machte eine wegwerfende Handbewegung.

Er wusste offenbar nicht, dass Knettenbrech nicht einfach unglücklich gestürzt, sondern ermordet worden war. Er antwortete unbefangen auf meine Fragen.

"Wie kamst du mit Knettenbrech klar?"

"Da muss ich weit ausholen. Anfangs hab ich zu Knettenbrech aufgeschaut wie zu einem Vater, ihn verehrt. Er weiß - er wusste unheimlich viel. Aber ..."

"Was aber?"

"Er war kleinlich. Und unfair. Ist mir eine neue These eingefallen, hat er sie unter seinem Namen veröffentlicht. Hatte ich ein Konzept für einen Artikel, ließ er ihn mich dreimal umschreiben."

"Die müssen wohl pingelig sein, als Wissenschaftler", warf ich ein.

Umut legte seine Hand auf meinen Arm. "Versteh mich nicht falsch. Ich glaube, dass er Angst vor Konkurrenz hatte, sogar vor uns Doktoranden. Weil Türkisch meine Muttersprache ist, konnte ich natürlich Texte schneller übersetzen. Aber das stellt doch seine Kompetenz nicht in Frage!"

Umut stockte. Er merkte, dass es jetzt keinen Sinn mehr hatte, sich über Knettenbrech zu ärgern.

"Wenn ich Pech habe, wirft mich sein Tod um Jahre zurück. Die ganze Arbeit umsonst."

Er schaute so traurig aus seinen Kuhaugen, dass ich ihn aufmuntern wollte. Mehr als ein plattes Kompliment fiel mir nicht ein.

"Türkisch ist deine Muttersprache, aber du sprichst auch perfekt Deutsch."

"Ich bin hier aufgewachsen, genau wie du."

„Du kochst auch sehr gut", lobte ich weiter.

"Wenn meine Diss platzt, kann ich ja als Koch Karriere machen."

"Wieso sollte die platzen?"

"War nur ein Witz." Umut grinste: "Ich habe sogar Aussichten auf ein Stipendium. Gute Aussichten, würde ich sagen."

"Also doch keine Karriere als Koch."

"Eine Assistentin der Stiftung hat mir inoffiziell signalisiert, dass ich der nächste Stipendiat sein werde." Er lehnte sich zufrieden zurück und fing an, mein Bein zu streicheln. „Fehlt nur noch die formelle Benachrichtigung."

Bevor wir zum gemütlichen Teil des Abends übergingen, wollte ich noch mehr aus ihm rauskriegen. "Was denkst du über die Sache mit den Todesdrohungen?"

"Was für Drohungen?"

Ich erzählte Umut von der Todesanzeige, dem Grabkranz und der Sarglieferung. Er hörte gebannt zu, vergaß aber nicht, mein Bein weiter zu streicheln.

"Ja, die Todesanzeige habe ich gesehen." Umut wirkte jetzt beruhigt. "Wir haben drüber gelacht. Dachten, das sei ein Scherz. Vielleicht war es eine Art Wahrsagung. Oder er war verunsichert und ist deshalb gestürzt."

"Ich hab gehört, dass jemand nachgeholfen hat", sagte ich vage.

"Du meinst, es war Mord?" Umut riss die Augen auf. "Ein Mörder, der sein Opfer vorher warnt." Er schüttelte den Kopf.

Dann beugte er sich über mich und küsste mich. Die nächsten Stunden vergingen wie im Flug. Irgendwann zogen wir ins Schlafzimmer um. Unsere Tätigkeit war anstrengend. Schließlich sackte ich in den Schlaf.

Ich wachte erst wieder auf, als mir kalt wurde. Ich fand mich an den Rand der Matratze gedrängt. Umut hatte die Decke an sich gezogen und fest zwischen seinen Beinen eingeklemmt.

Eine Gänsehaut zog über meinem Rücken. Mein Mund war trocken.

Vorsichtig, ohne Umut zu berühren, wälzte ich mich über die Bettkante und tapste in die Küche. Ich trank etwas Wasser aus dem Hahn und spülte mir den Mund aus.

Ein Sonnenstrahl linste durch die Küchengardine. Vögel jubilierten vor dem Fenster. Sollte ich Umut wecken? Oder warten, bis er wach wurde? Und dann in trauter Zweisamkeit mit ihm Frühstücksbrötchen mümmeln wie ein altes Ehepaar?

Mir grauste vor dem Gedanken. Eine gelungene Nacht sollte man nicht durch ein missratenes Frühstück zerstören.

Ich sammelte möglichst leise meine Sachen ein. Die Rücksichtnahme war überflüssig, denn Umut schnarchte leise vor sich hin. Ich zog die Klamotten an bis auf die Schuhe, trat in den Hausflur und zog die Tür vorsichtig hinter mir zu. Erst draußen schlüpfte ich in meine Sneakers.

Ein Mann, der seinen Dackel ausführte, beobachtete mich und grinste sich eins. Auch die Gardine am Fenster der Nachbarin, die unser Rendezvous unromantisch unterbrochen hatte, schien sich leicht zu bewegen. Oder sah ich Gespenster?

16

DER SCHLÜSSEL

Als ich mich auf mein Rad schwingen wollte, stellte ich fest, dass der Hinterreifen platt war. Na toll. Ich schob das Rad nach Hause, zum Glück war es nicht so weit.

Dabei hatte ich dieses unangenehme Gefühl, dass mich jemand beobachtete. Ein Blick schien an meinem Rücken zu kleben. Ich blieb vor dem Schaufenster eines Sanitätshauses stehen und musterte die Auslagen. Bettpfannen, ein Rollator und Schnabeltassen. Gut, dass ich noch nicht zur Zielgruppe gehörte. Ich versuchte, im Schaufenster zu erkennen, ob jemand hinter mir stehen geblieben war. Vorsichtig guckte ich nach links, aber ich konnte nicht feststellen, ob mir jemand gefolgt war. Die Leipziger Straße sah aus wie immer. Frühaufsteher schleppten Tüten vom Supermarkt nach Hause. Einige Türken diskutierten lautstark auf Türkisch. Alles wie immer. Offenbar drehten meine Nerven durch. Ich schob das Rad weiter und war froh, als ich zuhause ankam.

Oben in der Wohnung kam mir irgendwas komisch vor. Wurde ich verrückt? Beginnender Verfolgungswahn? Ich schaute mich um. Irgendwas hatte sich verändert. Ich wusste nur nicht, was.

Mein Magen grummelte und ich öffnete den Kühlschrank. Ein Rest Käse und eine Dose Bier. Wie kam die da hin? Bier aus Dosen schmeckt nach Metall. Deshalb leistete ich mir immer das gute Flaschenbier.

Ich sah mich noch mal um. Dann merkte ich, was sich verändert hatte. Die Sammlung leerer Flaschen neben dem Kühlschrank war verschwunden. Dafür türmten sich im Abfalleimer leere Bierdosen. Das ließ nur einen Schluss zu: Wombel hatte die leeren Flaschen weggebracht, Pfand kassiert und Dosenbier gekauft. Großzügig hatte er mir eins übrig gelassen. Wo steckte er?

Ich machte mir einen Kaffee. Dann hatte ich die Kraft zu duschen. Als ich mich anziehen wollte, merkte ich, dass die Auswahl an sauberen Kleidern immer noch nicht größer geworden war. Mir fiel ein, dass meine Wäsche noch im Waschsalon war - falls sie nicht jemand geklaut hatte. Ich stürzte den restlichen Kaffee runter und machte mich auf die Socken. Da mein Rad platt war, musste ich wohl oder übel zu Fuß gehen. An jeder Ecke schaute ich mich um, ob mir jemand folgte, konnte jedoch niemand entdecken. Das ungute Gefühl blieb.

Im Waschsalon herrschte der gleiche muffig seifige Geruch wie gestern. Der Penner lag in seiner Ecke.

Meine Wäsche moderte auf dem Boden vor sich hin. Jemand hatte die Maschine frei geräumt und meine Sachen rausgeschmissen. Wohl oder übel musste ich alles noch mal waschen.

Als ich die Maschine in Gang gesetzt hatte, sah ich Umuts blauen Wäschekorb in der Ecke stehen. Auch seine Sachen waren noch feucht, aber dank des Korbes nicht auf dem Boden gelandet. Ich stopfte seine Kleidung in den Trockner. Dann beobachtete ich, wie sich die bunte Wäsche in dem Gerät umarmte, drehte, zu Boden fiel und dann eine neue Trocknerrunde nahm. Hin und wieder klackerte es im Trockner, wahrscheinlich hatte Umut Kleingeld in irgendeiner Hosentasche vergessen. Manchmal schwebten Tangas vorbei, die meisten orange, einer pink, was mich auf süße Gedanken brachte. Der Anblick der rotierenden Wäschestücke wirkte beruhigend. Ersetzte geradezu eine Meditation.

Mit leisem Knacken blieb die Trommel des Trockners stehen. Ich legte Umuts Klamotten auf das Gerät. Auch mein Waschgang war beendet. Ich holte meine frisch gewaschenen Sachen und stopfte sie in die Trommel. Nachdem ich weitere Euros in den Schlitz geworfen hatte, nahm der Trockner mit freundlichem Schnurren seine Runden wieder auf, nur dass jetzt meine schwarzen Sachen miteinander tanzten, ohne orange und pink. Umuts Kleidung legte ich zusammen. Dabei fand ich eine jetzt ausgewaschene Kinokarte, eine Büroklammer, zwei Kondomtütchen und einen Schlüssel.

Der Schlüssel hatte an beiden Seiten einen komplizierten Bart und war mit der Nummer 1252 markiert. Diesen Typ Schlüssel kannte ich. Als ich noch zu Punk-Konzerten getrampt war, hatte ich meinen Schlafsack in ein Schließfach am Bahnhof gestopft und nach dem Konzert, wenn ich hoffentlich einen Schlafplatz gefunden hatte, wieder abgeholt. Dies war eindeutig der Schlüssel zum

Schließfach Nummer 1252 an einem Bahnhof, vermutlich in Frankfurt. Oder in Istanbul?

Ich schaute auf die Wäsche. Sollte ich ihn Umut vorbeibringen? Wahrscheinlich war er um diese Zeit an der Uni. Außerdem war ich nicht sein Hausmädchen. Sollte er die Klamotten doch bei mir abholen. Ich legte seine wie meine Sachen in Umuts Korb und nahm alles mit nach Hause.

17

IN GEWAHRSAM

WOMBEL WAR IMMER NOCH NICHT DA. VIELLEICHT hatte ihn bei dem Konzert eine Frau abgeschleppt oder er machte die Nacht durch. Ich gönnte mir ein Frühstück mit frischen Brötchen vom Bäcker.

Dann ging ich runter und nahm mir mein Rad vor. Ich baute das Hinterrad aus und löste den Schlauch. Er war seitlich aufgeschlitzt. Das war nicht mehr zu flicken. Es wirkte nicht, als sei ich über eine Scherbe gefahren. Eher, als habe jemand mit einem Messer reingestochen. Idioten gab es immer.

Ich fluchte und holte einen alten, schon einmal geflickten Schlauch aus dem Keller. Der würde noch eine Weile halten. Ich zog ihn auf und zerrte den Mantel wieder auf die Felge. Dann kontrollierte ich die Bremsen. Die hinteren Bremsklötze waren ziemlich abgefahren. Ich musste neue besorgen.

Schon immer hatte mir die Schrauberei Spaß gemacht,

ganz im Gegenteil zu meiner Schwester. Das Prinzesschen machte sich nicht gerne die Hände schmutzig. Dafür saß sie jetzt in einer Bank und rechnete Zahlen zusammen; ich war trotz der abgebrochenen Schule selbstständig und konnte noch dazu mein Rad selbst flicken. Ich fand, ich hatte das bessere Los gezogen.

Zufrieden machte ich mich daran, die Kette neu zu fetten.

Schwere Hände legten sich rechts und links auf meine Schultern legten.

Ich sah auf und erblickte zwei Polizeibeamte.

"Mitkommen."

Beide waren größer als ich. Der ältere trug einen dunklen Schnauzbart, der jüngere Glattrasierte war ein echter Milchbubi, vielleicht gerade 21 Jahre alt. Sie griffen mich rechts und links an den Ellenbogen. Mich durchzuckte der Reflex, mit loszureißen und abzuhauen. Doch sie hielten mich mit eisenhartem Griff.

Der mit dem Schnauzer drückte meinen Kopf runter, als ich in den Streifenwagen stieg. Sie fuhren mich zum Präsidium. Dort erwartete mich eine erkennungsdienstliche Behandlung. Die Routine kannte ich, was sie nicht angenehmer machte. Als Punkerin hatte ich sie mehr als einmal über mich ergehen lassen müssen.

Sie drückten meine Finger einen nach dem anderen auf ein Farbkissen und dann auf ein Formular. Ein Fotograf nahm mich von allen Seiten auf, während ich ihm Grimassen schnitt.

Diese Prozedur war nur der Auftakt. Sie brachten mich in ein Büro, das mit einem Schreibtisch und zwei Stühlen ausgestattet war.

Auf einem saß ein Trumm von einem Mann in einer Uniform. Sie spannte über dem Bauch.

Schnauzbart und Milchbubi drückten mich auf den freien Stuhl. Sie blieben rechts und links hinter mir stehen.

"Name? Beruf?"

Ich antwortete wahrheitsgetreu. Bei dem Wort "Privatdetektivin" schnaufte der Mann verächtlich.

"Wo warst du heute morgen?"

Der Dicke hatte einen unangenehmen Zug um den Mund. Seine feisten Bäckchen glänzten rosa. Die Augen waren von den Lidern halb verdeckt, was den Eindruck eines Schweinskopfes noch verstärkte.

"Im Bett." Aus Erfahrung wusste ich, dass es am besten war, der Polizei klare und kurze Antworten zu geben. Wenn ich gar nichts sagte, reagierten sie allergisch.

"Umut Öztürk. Warum hast du ihn umgebracht?"

Ich schnappte nach Luft. Umut hatte eben noch neben mir gelegen.

"War es Eifersucht?"

"Wieso", stammelte ich, " ... tot?" Ein Stich fuhr durch mein Herz.

"Verarsch mich nicht, Kleine. Dein Vorstrafenregister ist so dick wie ein Telefonbuch: Landfriedensbruch, Widerstand gegen die Staatsgewalt, Verstoß gegen BTM, dazu jetzt ein Mord, passt doch ganz gut."

Die lange Rede ließ ihn schnaufen. Er wuchtete seinen Körper aus dem Stuhl und baute sich so nah vor mir auf, dass ich seinen üblen Atem riechen konnte.

"Also, wo warst du heute morgen?"

"Im Bett!"

"Wo ist das Messer?"

Ich schwieg. Der wollte mir einen Mord anhängen. War Umut wirklich tot? Oder war das ein Trick?

Der Dicke ruckte seinen Kopf noch näher.

"Das Messer? Wo hast du's versteckt?"

"Welches Messer?"

Ich presste die Lippen aufeinander.

Schweinsäuglein bohrte seinen Zeigefinger unter mein Kinn und hob es leicht an.

"Los du Schlampe, raus mit der Sprache!"

Ich drehte meinen Kopf zur Seite, um seinem Zeigefinger zu entkommen, und presste hervor: "Bullenschwein."

Das war ein Fehler. Kaum hatte ich ausgesprochen, schlug mir der Dicke in Gesicht. Mein Kopf flog zur Seite und stieß gegen das Bein des Schnauzbarts.

Der Dicke nickte den beiden Typen zu: "Ihr wolltet doch einen Kaffee trinken."

Schnäuzer und Milchbubi blickten sich unsicher an und gingen wortlos aus dem Raum.

Ich war mit dem Schläger alleine.

Er blickte mich aus seinen Schweinsäuglein an: "Hat dir wohl gestunken, dass er mit anderen Weibern rummachte, und da hast du ihn abgestochen?"

Er haute mir noch eine runter, diesmal auf der anderen Seite.

"Spuck's schon aus, wo ist das Messer!"

"Ich hab kein verdammtes Messer!"

Der Dicke packte mich an den Schultern und riss mich vom Stuhl hoch.

Ich trat mit aller Kraft gegen sein Schienbein.

"Schlampe." Er rammte mir seine Faust in den Magen.

Ich klappte zusammen.

"Anwalt", stöhnte ich und sank zusammengekrümmt auf den Stuhl. Meine Eingeweide schienen herausspringen zu wollen. "Ich will einen Anwalt."

"Gib's zu, du hat es mit Umut getrieben." Der Dicke lachte dreckig. "Dann hast du ihn abgestochen." Der Bulle zog mich an den Haaren vom Sitz hoch und drückte mich gegen die Wand.

Meine Kopfhaut brannte.

Ich trat wild um mich und traf erneut sein Schienbein.

Er stöhnte auf und drückte mich gegen die Wand. "Widerstand gegen die Staatsgewalt."

Ich konnte mich nicht befreien, so sehr ich mich auch wand.

Er sabberte in mein Ohr: "Komm schon, Schlampe, sag mir, dass du's warst. Dann darfst du in deine ruhige Zelle."

Jetzt packte das Schwein meinen Busen.

Ich spürte schlecht geschnittene Fingernägel, die sich durch die Bluse hindurch in mein Fleisch gruben.

Dann drückte er zu und drehte meine Brust.

Es tat abartig weh. Ich schnappte nach Luft.

Plötzlich erstarrte er und ließ mich los. Ich klappte vorüber und spuckte Frühstücksbrötchen aufs Linoleum.

18

IN DER ZELLE

"Weber, jetzt sind Sie fällig." Die tiefe Stimme klang messerscharf. "Damit kommen Sie nicht durch, dafür sorge ich!"

Warme Hände richteten mich auf und drückten mich auf einen Stuhl. Mattuschewski reichte mir ein Papiertaschentuch.

"Weber, Sie melden sich später bei mir. Das hat ein Nachspiel."

Der Dicke grunzte und verließ den Raum.

Ich wischte mir Nase und Mund ab. Der Geschmack nach Galle blieb.

Mattuschewski beobachtete mich aufmerksam mit seinen grauen Augen. Schimmerte da Mitleid durch? Das konnte ich am wenigsten gebrauchen.

"Wir haben Herrn Umut Öztürk ermordet aufgefunden."

Ich sagte nichts.

"Wann haben Sie ihn zuletzt gesehen?"

Ich riss mich zusammen. Irgendwann würde ich diese Fragen beantworten müssen, warum nicht jetzt.

"Kann ich mal aufs Klo?"

Mattuschewski nickte. Er rief die beiden Bullen, die mich verhaftet hatten. Schnauzbart und Milchbubi begleiteten mich, ohne mir in die Augen zu blicken. Auf dem Klo spülte ich meinen Mund aus, bis der Geschmack nach Erbrochenem verschwunden war. Trank hastig aus dem Hahn.

Zurück im Verhörraum erzählte ich Mattuschewski in groben Zügen, was ich mit Umut erlebt hatte. Natürlich ohne die Einzelheiten unseres heißen Abends.

Mattuschewski machte sich Notizen. Die betrachtete er grübelnd.

"Ist Ihnen etwas Seltsames aufgefallen am Verhalten von Herrn Öztürk?"

Was war das für eine Frage? Ich schüttelte den Kopf.

"Hat er über seine Arbeit gesprochen?"

Ich fasste zusammen, was Umut über seine Doktorarbeit und das Stipendium erzählt hatte.

"Mehr nicht?"

"Nein."

Mir war nicht klar, worauf Mattuschewski hinauswollte.

Er studierte wieder seine Notizen. Schließlich fragte er: "Der Tote war nur mit einer Unterhose bekleidet. Wie erklären Sie sich das?"

Natürlich damit, dass wir gevögelt hatten. Andererseits, manche Leute schliefen in Unterhose. Ich zuckte die Schultern und schwieg.

"Sie sind Ermittlerin. Erzählen Sie mir jetzt nicht wieder was von einem Aushilfsjob in der Bibliothek. Wo sehen Sie den Zusammenhang zwischen dem Mord an Herrn Professor Knettenbrech und Umut Öztürk?"

Ich hatte eben erst von Umuts Tod erfahren. Gab es einen Serienmörder, der es auf die Mitarbeiter des Turkologischen Instituts abgesehen hatte? Andererseits, Knettenbrech war bedroht worden, Umut aber nicht. Oder hatte er etwas für sich behalten?

"Keine Ahnung. Meine Nachforschungen waren bisher erfolglos."

Es schadete nichts, wenn der Bulle mich für eine harmlose Amateurin hielt.

Mattuschewski wartete eine Weile. Als ich nichts sagte, schob er mir ein Telefon über den Tisch. "Ein Anruf, mehr nicht."

Ich wählte Freyas Nummer. Der Anrufbeantworter! Wieso war sie nicht im Büro? Ausgerechnet jetzt musste sie einen Gerichtstermin haben. Ich sprach auf ihr Band, sie solle mich hier rausholen.

Mattuschewski drückte mir das restliche Paket Taschentücher in die Hand und brachte mich in den Keller des Präsidiums in eine Arrestzelle.

Die Tür fiel hinter mir zu und der Schlüssel drehte sich im Schloss.

Mein ganzer Körper schmerzte, trotzdem stieg ich auf die Bank. Als ich mich zu dem kleinen, vergitterten Fenster an der Wand oben reckte, durchfuhr eine glühende Welle meinen Magen. Das Fenster hatte eine Milchglasscheibe, man konnte nicht herausblicken.

Dann las ich die Wandinschriften. Da fanden sich mehrere stilisierte Schwänze, einige PKK-Parolen und ein

Gruß der Türk Power Boys aus Griesheim. Einige waren eingeritzt, andere mit Kuli gekritzelt.

Die Zelle war nicht wirklich dreckig, aber es roch modrig. Der Angstschweiß aller Häftlinge vor mir schien sich in den Ecken festgesetzt zu haben.

Ich streckte mich auf der Bank aus und versuchte, gleichmäßig zu atmen. Schmerz flutete in Wellen durch meinen Magen.

Meine Gedanken wanderten zu Umut. War er wirklich tot? Vor meinen Augen breitete sich eine Blutlache aus, in deren Zentrum Umut in seinem orangefarbenen Tanga lag. Ich wälzte mich auf die andere Seite. Doch das Bild der Blutlache ließ sich nicht verjagen.

Mein Busen schmerzte. So sehr ich mich auch auf der Pritsche hin und her drehte, ich fand keine Position, in der die blauen Flecken vom Fahrradunfall und die Quetschung von eben sich nicht bemerkbar machten. Außerdem hatte ich Angst, der dicke Bulle würde mich wiederholen. Beim kleinsten Geräusch zuckte ich zusammen.

19

FREYA AUF HOCHTOUREN

STUNDENLANG SAß ich da und starrte die Wand an. Tief in mir machte sich eine Depression breit. Das Eingeschlossensein an sich reichte aus, mir den Blues zu schicken. Ich kannte das, denn nach Demos war ich schon manchmal im Polizeigewahrsam gelandet, wenn auch nur kurz.

Plötzlich drehte sich der Schlüssel im Schloss.

Ein Schrecken durchfuhr mich. Ich versuchte, möglichst böse zu gucken.

Die Tür schwang auf. Milchbubi. Er begleitete mich zur Toilette und sperrte mich wieder weg.

Später wiederholte sich das Spiel. Ich hörte den Schlüssel im Schloss und setzte ein feindliches Gesicht auf. Tief in meinem Herzen hoffte ich, dass Freya gekommen wäre, um mich loszueisen. Aber es war ein Mann in Zivil, der mir ein Tablett reichte mit abgepackten Wattebrötchen, Käseecken und einem dünnen Tee in gelblicher Farbe.

Ich rührte das Essen nicht an. Schon vom Geruch des Tees wurde mir übel.

Irgendwann knirschte wieder der Schlüssel im Schloss. Ich bemühte mich um mein grimmigstes Punkergesicht.

Doch da standen Milchbubi und eine Frau, die mir noch nie so schön erschienen war: Freya, kerzengerade, die roten Locken tadellos frisiert, perfekt geschminkt, in ihrem Business-Kostüm.

"Komm, wir gehen." Ihre Stimme klang wie ein Reibeisen.

Am liebsten wäre ich Freya um den Hals gefallen, doch vor dem Bullen wollte ich meine Gefühle nicht zeigen.

Wir stiegen hoch ins Erdgeschoss. Milchbubi gab mir mein Portemonnaie und meinen Schlüsselbund zurück. Dabei vermied er es immer noch, mir in die Augen zu blicken. Ich musste ein Formular unterzeichnen. Schweigend steckte ich meine Sachen ein und schritt hoch erhobenen Hauptes hinaus.

Draußen fiel ich Freya dann doch um den Hals.

"Danke, dass du mich rausgeholt hast!"

"Irgend jemand muss doch die Glühbirne im Flur wechseln."

Draußen auf der Straße sog ich die frische Luft in meine Lungen. Sie stank nach Abgasen. Der Wind auf meiner Haut berauschte mich. Ich blickte zum Himmel, doch die Sonne war hinter dichten Wolken verborgen. Nun, man konnte nicht alles haben.

Freya legte ihren Arm um meine Schultern und betrachtete mich prüfend.

"Du siehst aus, als wärst du unter eine Dampfwalze geraten."

"So ähnlich. Wie spät ist es überhaupt?"

Freya guckte auf die Uhr. "Kurz nach sechs."

Mir schien, als seien Tage vergangen. "Ich brauch ein Bier."

Freya lotste mich in ein Bistro auf der oberen Zeil. Wir setzten uns auf die Terrasse. Sie bestellte Milchkaffee mit viel Schaum und für mich ein Bier.

"Du kommst spät." Ich wies mit dem Kopf in Richtung Präsidium. "Hast mich ganz schön schmoren lassen."

"Keine 24 Stunden, oder?"

Ich streckte ihr die Zunge raus.

Sie wurde ernst. "Ich war im Gericht. Danach war ich shoppen, muss ja auch mal sein." Sie drehte sich kokett und zeigte das Kostüm. "Hab erst danach deine Nachricht gehört."

"Und? Hast du's den Bullen so richtig gegeben?" Ich stellte mir vor, wie Freya die Bullen mit ihren Juristentricks fertig machte.

"Ich hab diesen Mattuschewski nicht mal ansatzweise in die Mangel nehmen müssen."

Sie sog an der Zigarette.

"Mein Eindruck war, er hatte ein schlechtes Gewissen. Er schien froh zu sein, dich los zu werden."

Mit der Zigarette deutete sie auf die blauen Flecken an meinem Arm.

"Hat das vielleicht damit zu tun?"

Ich nahm einen Schluck Bier. Dann erzählte ich ihr alles, auch von der Nacht mit Umut.

Freya schlürfte ihren Kaffee in kleinen Schlucken, vernichtete eine Zigarette nach der anderen und pfiff hin und wieder leise durch die Zähne. Wombels Ankunft kommentierte sie mit einem "Der Gute." Als ich von dem dicken Bullen berichtete, wurden ihre Augen ganz schmal. So wie sie guckte, wenn sie mir von einem besonders krassen Fall einer ihrer Mandantinnen erzählte.

"Paragraf 340 Strafgesetzbuch", murmelte sie.

"Hä?"

Hektisch fummelte sie eine neue Zigarette aus der Schachtel und zündete sie an. Mit der Zigarette im Mund nuschelte sie: "Körperverletzung im Amt. Den kriegen wir dran."

20

BEIM ARZT

FREYA TUSCHELTE mit der afrikanischen Arzthelferin, dann schob sie mich am voll besetzten Wartezimmer vorbei direkt in einen Behandlungsraum.

Zehn Minuten später kam ein hoch aufgeschossener, hagerer Mann mit Krähenfüßen um die Augen herein. Er umarmte Freya herzlich. Pit von Bredenbeck machte sich seit Urzeiten Hoffnungen, was mit meiner Freundin anzufangen. Sie kannten sich seit Kindertagen. Wahrscheinlich von Partys für den adligen Nachwuchs oder so. Der Haken war, dass Freya auf Bad Boys stand.

"Wieder häusliche Gewalt?" Er blickte zu Freya. Dann betrachtete er mich gründlicher. "Oder sind wir unter eine Dampfwalze geraten?" Er betastete meinen Arm, vorsichtig wahrscheinlich, aber es tat weh.

"Hm, gebrochen scheint nichts zu sein."

Der Arzt begutachtete meine Rippen und tastete an den lilabraunen Schwellungen am Oberschenkel rum. Er bat mich, meinen Oberkörper frei zu machen. Als er mich abhörte, bemerkte er die blauen Flecken an meinem gequetschten Busen.

Er schnalzte mit der Zunge. "Sie sollte ihn verlassen, und zwar schnell." Dann kramte er aus einer Schublade eine Salbe und steckte mir noch eine Packung Tabletten zu.

"Arnikasalbe für die Prellungen und was zum Einschlafen. Sie werden's brauchen." Er nickte mir aufmunternd zu. "Gönnen Sie sich Ruhe, das ist jetzt das Wichtigste für Ihren Körper. Und trennen Sie sich. Sie haben ja eine gute Anwältin."

Ich nickte. War zu müde, ihn aufzuklären.

„Wir brauchen ein Attest", sagte Freya.

„Kein Problem."

„Das muss nicht sein, ich bin selbstständig", wehrte ich ab.

„Doch, ein Attest ist notwendig", widersprach Freya. Sie bedankte sich wortreich bei dem Arzt, doch er fiel ihr ins Wort: "Wir Blaublütigen müssen zusammenhalten." Er ergriff ihre Hand und platzierte einen angedeuteten Handkuss. "Wann leeren wir zusammen eine Flasche Rioja?"

Wenn ich Freya nicht so gut gekannt hätte, hätte ich die leichte Röte ihres Gesichts nicht bemerkt. Ob sie von ihrem Beuteschema abweichen würde?

"Ich ruf dich an", sagte sie zu dem Arzt.

Er lächelte ihr verträumt zu.

Dann standen wir wieder auf der Straße.

"Er gibt wohl nie auf?"

"Ich kann doch einen Wein mit ihm trinken." Freya winkte einem vorbeifahrenden Taxi zu, das daraufhin eine Vollbremsung machte.

"Fahr nach Hause, schlaf dich aus. Und: Den Bullen machen wir fertig, das garantier ich dir!"

Ich nickte. Ich sagte nicht, dass ich die Nase voll hatte von Verhören, tagelange Gerichtsverfahren hasste und Weber daher keinesfalls anzeigen würde.

Ich war froh, als ich alleine in meiner Wohnung war. Von Wombel immer noch keine Spur. Unter der heißen Dusche fing ich an, hemmungslos zu heulen. Die Anspannung der letzten Stunden löste sich in einem gigantischen Tränenfluss.

21

NEUES HAUSTIER

ALS WOMBEL INS ZIMMER POLTERTE, riss er mich aus dem Schlaf. Er stank nach Alkohol wie eine Kompanie Marinesoldaten beim Landgang. "Wo warst du?", murmelte ich.

"Auf der Zeil einen alten Kumpel getroffen, der hat eine Runde geschmissen."

Das musste mehr als eine Runde gewesen sein.

„Schau mal was ich hier habe." Er zog etwas kleines, zappelndes aus seiner Jacke.

„Eine Ratte!"

„Darf ich vorstellen: Das ist Moni."

Das Tier war noch ganz winzig und schaute mich aus Knopfaugen neugierig an. Vorsichtig strich ich über das weiße Fell. „Hallo Moni!"

Das Tier verkroch sich unter Wombels Sweatshirt.

„Wo hast du die denn her?"

„Wir haben einen Wurf in einer Mülltonne gefunden. Nur weil die gefiept haben, ist es uns aufgefallen."

„Wer macht denn so was, Tiere einfach in der Mülltonne entsorgen."

„Herzlose Idioten." Wombel griff sich ein Bier aus dem Kühlschrank, schmiss sich neben mich auf die Matratze, ließ die halbe Dose in seinen Rachen rinnen und fragte: "Hast du den Mörder geschnappt?"

Ich schüttelte nur den Kopf.

"Wird langsam Zeit, nachher bringt der noch wen um. Am Ende dich!" Es sollte ein Witz sein, aber ich fand ihn nicht lustig.

Jetzt konnte ich ohnehin nicht weiterschlafen. Ich berichtete, was passiert war.

"Umut ist tot."

Die Ereignisse hatten sich überschlagen. Das Verhör, die Zelle, dann der Arztbesuch - erst jetzt wurde mir wirklich bewusst, dass der Mann, mit dem ich einen wunderbaren Abend verbracht hatte, nun nicht mehr lebte. Ich schluchzte auf.

Vor meinem inneren Auge sah ich Umut in seinem orangefarbenen Tanga in einer blutroten Lache. Schnell nahm ich einen Schluck Bier.

Wombel nahm mich in den Arm. "Lass mal logisch vorgehen. Du hast ermittelt in Sachen Professor. Was hast du herausgefunden?"

Ich erzählte von der Unterschrift mit den durchgestanzten Pünktchen und der vagen Beschreibung eines Mannes, an den sich die Bestatterin erinnerte.

"Könnte auf viele Menschen passen. Also, zum Hergang." Wombel schien Gefallen an dem Rätselraten zu finden. "Der Prof wurde mit der Statue erschlagen. Der Türke wurde abgestochen."

Mich nervte, dass er Umut immer nur "den Türken" nannte.

"Wieso hat der Täter sein Vorgehen geändert?"

Ich überlegte. "Ich glaube, er hatte weniger Zeit. Der Prof hat Warnungen bekommen, aber Umut nicht." Ich zögerte. Wusste ich das wirklich? Umut hatte an einigen Punkten zugemacht, einfach nicht weitergeredet. "Glaube ich wenigstens."

Dann war da noch der Schlüssel zu dem Schließfach. Darum musste ich mich als Nächstes kümmern.

Wieder erinnerte ich mich an den schönen Abend bei Umut. Er hatte gekocht, den Wein geöffnet und dann hatten wir uns vergnügt. Der orangefarbene Tanga war wirklich heiß gewesen. Was hatte der Kommissar darüber gesagt? Ich grübelte. Rief mir die Szene im Präsidium vor Augen, obwohl ich sie vergessen wollte.

"Da ist noch was."

"Ja?" Wombel guckte traurig in seine leere Bierdose, als könne er sie auf die Art wieder füllen. Ich nickte Richtung Kühlschrank.

"Umut trug nur einen Tanga, als er starb."

"Er war nackt?"

"Fast."

Wombel runzelte die Stirn. "Vielleicht suchen wir eine Täterin. Sie haben gevögelt, dann gestritten, sie bringt ihn um. Todschlag im Affekt, heißt das nicht so?"

"Quatsch!"

Ich wollte nicht sagen, dass ich die letzte Frau gewesen war, mit der Umut im Bett gewesen war. Er hatte wohl kaum Zeit gehabt, wach zu werden und die nächste in sein Bett zu ziehen, bevor der Mörder kam.

Wombel hievte sich hoch und guckte in den Kühlschrank. "Bier ist alle", verkündete er enttäuscht.

"Wombel, das bedeutet, dass er den Mörder kannte. Sonst hätte er sich was angezogen. Würdest du in Unterhose die Tür aufmachen, wenn du nicht weißt, wer kommt?"

"Ich? Klar." Wombel war abgelenkt. Er wühlte in seinem Seesack.

"Sag mal, hast du meinen Sack geöffnet?"

"Nee. Wieso?"

"Hier ist alles durcheinander." Er schaufelte seine Klamotten auf den Boden.

Ich konnte keine Ordnung erkennen.

"Hier war jemand dran!" Wombel klangt alarmiert.

Ich winkte ab. "Wie kommst du auf die Idee?"

"Sandy, ob du's glaubst oder nicht, ich halte Ordnung da drin." Er klopfte auf den Sack, der ohne Zweifel aus den Beständen der Bundeswehr stammte. "Den packe ich nach System, damit ich nicht viel suchen muss."

Er wühlte weiter und holte schließlich einen Flachmann hervor. "Meine Notration!" Er schraubte das Fläschchen auf und nahm einen Schluck, dann stand er auf, taumelte leicht, fing sich und ging zur Tür.

"Komm mal her!"

Ich raffte mich auf und ging zu ihm.

"Schau hier!" Wombel wies auf ein paar Kratzer im Lack am Türrahmen. "Die sind frisch. Jemand hat deine Tür aufgebrochen." Er fuhr mit dem Finger über die Kratzer.

Die waren mir noch nie aufgefallen. Andererseits war mir auch nie aufgefallen, dass da keine Kratzer waren. Genauer betrachtet, müsste der ganze Türrahmen mal gestrichen werden, und der Flur gleich dazu.

"Ist ja easy, diese Tür aufzukriegen." Wombel trat verächtlich gegen das Holz.

Mir wurde mulmig. Hatte jemand meine Wohnung gefilzt? Ich schaute mich in dem Zimmer um. Hier gab es nicht viel zu durchsuchen. Der Kühlschrank, leer noch dazu, die Matratze, der Einkaufswagen mit den Klamotten. Zwei Kochplatten, ein Schränkchen mit Töpfen und Geschirr. Und Wombels Seesack.

"Ich weiß nicht."

Ich erinnerte mich an die Einbildung, verfolgt zu werden. In den letzten Tagen hatte ich öfter dieses Gefühl gehabt. War vielleicht doch keine Spinnerei.

„Ich bin mir sicher." Wombel nahm noch einen Schluck aus seinem Flachmann. Jetzt lallte er beim Sprechen ein wenig. ". Mein Seesack wurde durchsucht."

22

DER FLUCH DER TURKOLOGEN

"Hast du Feinde?" Wombel nahm einen Schluck, drehte den Flachmann wieder zu und schmiss ihn in Richtung Seesack.

Die Flasche verfehlte das Ziel, schlidderte über den Boden und blieb in einer Ecke liegen.

"Was hast du aufgestöbert?"

Wombels Gelalle verwandelte sich übergangslos röchelndes Schnarchen.

Ich grübelte eine Weile darüber nach, ob er sich was einbildete oder ob jemand meine Wohnung durchsucht hatte. Die Ratte hatte sich in Wombels Halsbeuge geschmiegt und atmete rhythmisch. Das entspannte mich und ich schlief ein.

Wombel war früher auf den Beinen als ich. Er weckte mich, als er lautstark zur Tür reinpolterte. Mein Kumpel legte eine Tüte Brötchen und die BILD auf den Tisch. Außerdem zauberte er ein Glas Nutella aus seiner

Jackentasche.

Das war ein Grund aufzustehen. Als ich mich frisch gemacht hatte, war der Kaffee fertig und wir frühstückten einträchtig. Die Ratte namens Moni bekam Brotkrümel ab, die sie geziert knabberte.

Wombel deutete auf die Zeitung. "Schon gesehen?"

"Der Fluch der Turkologen", lautete die Schlagzeile. "Mordserie an der Uni". Darunter ein etwas unscharfes Bild von Umut.

Mir stiegen Tränen in die Augen.

Wombel strich mir unbeholfen über den Arm.

Ich zwinkerte und las den Artikel.

Der Schreiber salbaderte etwas über einen Fluch, der womöglich auf dem Turkologischen Institut lastete. Die Wissenschaftler hätten Ausgrabungen an heiligen Stätten im Nahen Osten vorgenommen, die durch uralte Bannsprüche geschützt seien.

Ich überflog die folgenden Absätze. Der Text enthielt auch einige Fakten. Es war die Nachbarin gewesen, die Umut gefunden hatte. Sie habe sich Sorgen gemacht, weil er seine Post nicht aus dem Briefkasten geholt hatte, hatte sie dem Reporter gesagt.

Von wegen, die eifersüchtige Kuh hatte den ganzen Abend mit dem Ohr an der Wand geklebt, um zu hören, was Umut und ich trieben. Wahrscheinlich hatte sie vorgehabt, ihn unter einem Vorwand am frühen Morgen aufzusuchen, um uns zu stören.

Jedenfalls, so berichtete der Artikel weiter, habe die Nachbarin Umuts Wohnungstür angelehnt gefunden - und hatte das Apartment betreten.

Durch ihre Neugierde kam sie dazu, die Leiche Umuts

zu finden.

Jetzt war klar, wieso die Polizei so schnell bei mir gewesen war. Die Nachbarin musste mich beschrieben haben. Konnte hören, wie sie sagte: 'So eine hagere Kleine mit mausgrauen Haaren, in alten schwarzen Klamotten und einer komischen lila Bluse'. Die Polizei hatte leichtes Spiel gehabt - nur, dass ich unschuldig war. Der Mörder musste kurz nach mir gekommen sein.

Der süße Umut und so ein Ende. Der erste Mann seit langer Zeit, der mir gefallen hatte. Hätte ich mich nicht vor dem gemeinsamen Frühstück gedrückt, hätte der Mörder keine Chance gehabt. Mir stiegen wieder Tränen in die Augen.

"War wohl alles bisschen viel in den letzten Tagen." Wombel schloss mich in seine Arme.

Ich schluchzte auf und weinte mich so richtig aus.

Er streichelte meinen Rücken, bis ich mich beruhigt hatte. "Sandy, du kannst das nicht alleine durchstehen. Ich bleib bei dir, bis sich die Sache klärt. Hamburg kann warten." Er klopfte auf die Zeitung. "Wer weiß, wen der noch alles umbringt, wa."

Ich wollte protestieren, aber dann nickte ich. Wombel wirkte mit seinem Irokesen und der Lederjacke einschüchternd.

"Du kannst mir bei den Ermittlungen helfen."

23

DAS SCHLIESSFACH

An den Schließfächern im Frankfurter Bahnhof drückten sich Penner, Süchtige und Dealer rum. Es stank nach den Ausdünstungen aller Passanten, ein Gemisch aus Schweiß und Abschiedsschmerz.

"Der ICE 967 aus Dresden fährt heute auf Gleis 7 statt auf Gleis 6 ein", knatterte es aus den Lautsprechern. "Bitte beachten Sie die umgekehrte Wagenreihenfolge. Die Wagen der Nummern eins bis zehn halten heute in Abschnitt A ..."

Die Schließfächer hinten beim Fast Food-Restaurant trugen die Nummern 3000 und aufwärts, aber unten in der B-Ebene wurde ich fündig. Am Schließfach 1252 blinkte ein rotes Lämpchen und zeigte an, dass eine Nachzahlung fällig war. Nachdem ich am Zeitungskiosk einen Zehner in Münzen gewechselt hatte, fütterte ich das Schließfach mit Euros, bis es aufsprang.

In dem Fach lag eine blaue Sporttasche.

Was hatte ich erwartet? Einen Koffer voller Geld?

Beutelweise Kokain? Umut hatte doch gesagt, dass er seine Sportsachen dort abgelegt hatte.

Ein zu dürrer Junge in dreckigen Jeans kam um die Ecke. An seinen fahrigen Bewegungen erkannte ich, dass er auf Drogen war. Entweder wollte er mich anbetteln oder seinen Checker treffen.

Ich hatte keinen Bedarf an einer Begegnung. Ich griff mir die blaue Tasche, schwang sie über die Schulter und ging.

Zuhause legte ich die Tasche auf mein Bett und betrachtete sie eine Weile. Sie trug Klebebuchstaben: "Umut Öztürk - TSV Frankfurt". Ich gab mir einen Ruck und zog den Reißverschluss auf.

Sportklamotten. Fesche blaue Boxershorts, ein weißes T-Shirt mit der Aufschrift "TSV" und Sneakers von einer teuren Marke. Sie mieften.

Ich räumte die Kleider aus und legte sie beiseite. Darunter befand sich ein Kulturbeutel. Der Inhalt war keine Überraschung: Shampoo, Duschgel und ein Deo "Extra Stark".

Ich legte mich auf meine Matratze und starrte an die Decke. Wieso schloss er die Sportsachen im Schließfach ein? Nur weil er zu faul war, die Tasche mit sich zu schleppen? Aber er musste die Klamotten doch waschen?

Das ergab keine Logik.

Ich ging zu meiner Kochecke und stellte den Wasserkocher an. Als er blubberte, hängte ich einen Teebeutel in den letzten sauberen Becher. Wombel hätte ja auch mal spülen können! Ich goss den Tee auf und ließ ihn ziehen.

Gedankenverloren betrachtete ich die Tasche und nippte an meinem Getränk. Irgendwas stimmte nicht. Umut war ein ordentlicher, fast penibler Mensch gewesen. Wieso hatte er die Sportsachen nicht sofort in den Waschsalon gebracht?

Schließlich raffte ich mich auf und ging noch mal alles durch. Ich durchsuchte die muffigen Klamotten gründlich, griff in alle Taschen. Das Einzige, was ich fand, war eine Packung Kaugummi. Dann nahm ich mir die Tasche selbst noch einmal vor, fuhr mit der Hand über die Nähte.

An der Seite entdeckte ich ein unauffälliges Fach, das in den Stoff eingelassen war. Darin steckte eine Klarsichthülle mit Papieren.

24

CHAOS IM BÜRO

Ich zog die Papiere aus der Hülle und überflog sie, verstand aber kein Wort. Es ging um die Stellung des Verbs im Schorischen. Dazu wurden Beispielsätzen genannt in einer Sprache, die ich nicht verstand - Schorisch vermutlich. Der Text war gespickt mit Fremdwörtern, Fußnoten und Verweisen auf andere Artikel.

Offenbar hatte Umut seine Forschungsarbeit in der Freizeit weitergeführt. Vielleicht hatte er vor dem Sport einen Text überarbeitet. Ich musterte noch einmal die Papiere. Es handelte bei den sechs Seiten um zwei Versionen des gleichen Textes. Umut hatte wahrscheinlich einen älteren Entwurf überarbeitet.

Andererseits war diese Seitentasche unauffällig, wie ein Geheimfach. Es gab keinen guten Grund, wieso die Tasche im Bahnhofsschließfach aufbewahrt wurde, außer, dass sie dort versteckt wurde. Vielleicht war der Text so wichtig? Ein bahnbrechendes Forschungsergebnis?

Alleine kam ich nicht weiter. Zum Glück war ich mit der Überfliegerin Freya befreundet. Vielleicht könnte sie mir erklären, worum es ging. Wahrscheinlich hatten Akademiker einen Geheimcode. Außerdem musste ich mich bei Freya bedanken, dass sie mich aus der Zelle losgeeist hatte. Ich könnte auch in meinem Büro vorbeischauen, die Post checken und den Anrufbeantworter abhören.

Also packte ich die Blätter wieder in ihre Klarsichthülle, steckte sie in meinen Rucksack und radelte zur Detektei.

Der Trine am Empfang gönnte ich einen freundlichen Grunzer, auf den sie nicht reagierte. Ich überlegte, wieso Freya eine Assistentin eingestellt hatte, die so gar nicht zu uns passte, während ich die Treppe hochstieg.

Oben traf mich der Schlag. Mein Büro sah aus, als habe sich eine Punkband im Vollsuff ausgetobt.

Ordner waren aus den Regalen gerissen und lagen am Boden. Alle Schubladen waren herausgezogen und ihr Inhalt über die Ordner und Papiere gekippt worden. Oben auf dem ganzen Chaos thronte mein Bürostuhl, dessen Bezug aufgeschlitzt war.

Ich lehnte mit dem Rücken gegen die Tür und ging langsam in die Knie, bis ich am Boden hockte.

Jemand hatte mein Büro durchsucht.

Auf einen Schlag wurde mir klar, dass meine Ermittlungen kein Gedankenspiel waren. Sie riefen Reaktionen hervor. Heftige Reaktionen.

Ich richtete den Schreibtischstuhl auf und versuchte, das Polster zurechtzurücken. Vergeblich.

Eine Welle von Wut und Enttäuschung stieg in mir auf. Chaos war in mein Leben eingedrungen, das ich nicht mehr ordnen konnte.

Dann gewann die Wut die Überhand. Wie konnte jemand in mein Büro vordringen?

Die Trine war schuld. Sie hätte unbefugte Eindringlinge aufhalten sollte.

Ich polterte die Treppe runter und stürzte mich auf sie.

"Wer war das?"

"Wie? Was meinen Sie?", sagte sie geziert.

"Wer war in meinem Büro?"

"Woher soll ich das wissen?" Sie schlug demonstrativ ein Modemagazin auf.

Ich griff sie am Aufschlag ihrer weißen Bluse und riss sie von ihrem Stuhl.

Vor meinen Augen tanzten rote Sternchen.

"Weil es dein Job ist? Sitzt du hier zum Spaß?"

Ich spürte, wie der zarte Stoff ihres Blüschens unter meinen Fingern riss. Ich ließ los.

Die Trine sackte auf ihren Stuhl. Sie japste nach Luft.

Aus ihrem zerrissenen Ausschnitt lugte ein beiger Spitzen-BH.

Ich versuchte, mich zu beruhigen. Betont langsam fragte ich: "Woher kommt das Chaos in meinem Büro?"

"Wahrscheinlich haben Sie nicht aufgeräumt", sagte die Trine mit spitzer Stimme.

Ich holte aus.

Jemand griff nach meinem Arm und hebelte ihn auf meinen Rücken, zog ihn scharf nach oben.

Ein stechender Schmerz durchzuckte mich.

25

UMUTS NACHRICHT

"BIST DU VERRÜCKT GEWORDEN?" Freya ließ meinen Arm los und schubste mich, so dass ich einige Meter zurückflog.

Sie reichte der Trine ein Taschentuch.

Die Frau schluchzte auf.

Freya trat hinter sie und massierte ihre Schultern. "Reg dich nicht auf, alles wird gut."

Dann drehte sie sich zu mir um und funkelte mich an.

"Ein Glas Wasser!" Ihre Stimme klang schneidend.

Ich ging ins Bad. Als ich mit dem Wasser wieder kam, nahm Freya es mir ab.

"Wir sprechen uns später." Sie umsorgte die Trine.

Ich stieg langsam wieder die Treppe hoch. Das Durcheinander wirkte noch deprimierender auf mich als eben. Am liebsten hätte ich auch in ein Taschentuch geheult und mich von Freya bemuttern lassen.

Seufzend begann ich, Ordnung in das Chaos zu bringen. Als ich die Ordner wieder in die richtige Reihe gebracht und die Hängeregister vorerst in einer Ecke gestapelt hatte, ließ ich mich auf die zerschnittenen Polster des Bürostuhls plumpsen. Ich betrachtete mein Reich.

Es war nicht schön, es war nicht wertvoll, aber es war mein Büro. Mein verdammt noch mal erstes Büro, in dem ich meine ersten Fälle übernommen hatte. Niemand hatte das Recht, es zu verwüsten.

Irgendwo zwischen dem ganzen Kram auf meinem Schreibtisch blinkte es. Der Anrufbeantworter zwinkerte mir mit seinem roten Lämpchen rhythmisch zu.

Ich drückte den Knopf.

"Güzelim, meine Schöne, warum bist du weggelaufen? Ich wollte Sekt zum Frühstück holen. Wo bist du? Melde dich, ja?"

Umuts Stimme auf dem Band brachte mich aus der Fassung. Mein Kopf sank auf die Schreibtischplatte. Die Tränen kamen einfach so, ich konnte sie nicht unterdrücken. Ich schluchzte vor mich hin.

26

DIE ENTSCHULDIGUNG

JEMAND HATTE MEIN BÜRO VERWÜSTET, meinen neuesten Lover umgebracht und den Prof erschlagen. Es herrschte Krieg.

Und ich fiel über diese traurige Maus her, die versuchte, Freyas Kanzlei zu managen. Was für eine idiotische Reaktion von mir.

Als ich meine Aggressionen unter Kontrolle hatte, griff ich zum Hörer und rief Freya an.

"Tut mir leid wegen eben."

"Du musst dich bei Christel entschuldigen, nicht bei mir." Sie legte auf.

Ich drückte auf die Wahlwiederholung.

"Das war ein blöder Ausraster."

"Weiß ich." Freyas Stimme klang eisig.

"Können wir uns sehen?"

Freya antwortete nicht sofort. Dann sagte sie:

"Um fünf im Palmengarten."

Erleichtert legte ich auf.

Ich schaute auf die Uhr. Noch zwei Stunden.

Der Trine am Empfang kam ich lieber nicht unter die Augen. Ich würde mich später bei ihr entschuldigen. Freyas Freundschaft war es, die mir viel bedeutete.

Außerdem musste ich endlich diesen Fall lösen. Bevor es ein weiteres Opfer gab. Genauer gesagt: Bevor ich das nächste Opfer sein würde.

Aus meiner bisher kurzen Karriere als Detektivin hatte ich gelernt, bürokratischen Kleinkram nicht zu vernachlässigen. Manchmal taten sich dabei neue Erkenntnisse auf. Ich schmiss den Computer an. Erleichtert seufzte ich auf, als sich die gewohnten Bildchen für die Programme auf dem Bildschirm zeigten. Wenigstens hatte der Rechner das Chaos heil überlebt.

Ich tippte als Erstes einen Zwischenbericht für Sabine Knettenbrech, wobei ich die Ermittlungen detailliert beschrieb. Es kamen drei magere Seiten zustande, neue Erkenntnisse stellten sich nicht.

Dann zog ich die Klarsichthülle mit den Kopien aus meinem Rucksack. Dieses Büro war durchsucht worden, keine Ahnung, worum es dem Täter ging. Aber eine zweite Durchsuchung wäre unwahrscheinlich. Die Notizen aus Umuts Tasche waren vermutlich total unwichtig, vielleicht aber auch nicht. Ich fotografierte sie mit dem Handy ab, dann schob ich sie in eine Hülle. Ich zog eine Schublade heraus, heftete die Klarsichthülle mit Reißnägeln an die Unterseite der Schublade und schob sie wieder rein. Zum Glück hatte die Schublade genug Spiel in dem Holzungetüm von Schreibtisch, das ich auf dem Flohmarkt gefunden hatte. Auch wenn jemand die Schublade aufzog, würde er die Papiere nicht bemerken.

Ein Blick auf die Uhr zeigte mir, dass es bereits kurz vor fünf war. Ich ging nach unten, um mich bei der Trine zu entschuldigen.

Der Platz war am Empfang leer.

Daher machte ich mich auf den Weg in den Palmengarten.

"Bist du von allen guten Geistern verlassen?" Freya starrte mich an. Ihre roten Locken standen zornig in alle Richtungen ab.

Junge Mütter schoben ihre Kinderwagen durch die Abendsonne im Palmengarten. Wir gingen zum Haus mit den Wüstenpflanzen, in dem es trocken-heiß war, und das zu jeder Jahreszeit. Kakteen säumten die Wege.

"Seit Monaten unterstütze ich Christel, damit sie wieder auf die Beine kommt. Sie hat einen Haufen Probleme."

"Sie hat vor allem das Problem, dass sie ihren Job nicht ordentlich macht", konterte ich. Während der Arbeit lackierte sie entweder ihre Fingernägel oder blätterte in Modemagazinen.

"Das ist kein Grund, Christel zu schlagen."

Freya war nicht vom Schicksal der Trine abzulenken. "Ich hab ihr diesen Job verschafft, damit sie ihr Leben wieder in den Griff kriegt."

"Kann ich doch nicht wissen", sagte ich trotzig.

Freya beachtete meinen Einwand gar nicht. "Dann kommst du und fällst über sie her."

"Ich bin halt ausgerastet", sagte ich kleinlaut. Ich prüfte mit dem Finger die Schärfe eines Kaktusdorns. Er bohrte sich in mein Fleisch. Ich steckte den Finger in den Mund

und saugte an der winzigen Wunde, die der Stachel verursacht hatte.

"Dies ist nicht die Punkerszene", erklärte Freya nüchtern. Ihre Stimme klang, wie die Stimme meiner Mutter jahrelang geklungen hatte. Bis ich abgehauen war und diese Stimme nicht mehr hören musste.

Wenn ich jetzt weglief, würde ich eine Freundin verlieren. Genauer gesagt, meine einzige Freundin.

"In unserer Kanzlei klären wir Konflikte gewaltlos."

Zwei Mütter, die mit Kinderwagen ihre Runden drehten, schauten zu uns rüber.

Ich zog Freya hinter die Säulenkakteen aus Neu-Mexiko.

"Christel hat jahrelang Schläge von ihrem Mann eingesteckt." Ich streckte die Hand aus, um einen Säulenkaktus zu betasten, doch Freya zog mich an der Schulter herum, so dass ich ihr in die Augen blicken musste. „Sie hat die Kraft gehabt, ihn zu verlassen. Das ist unendlich schwer. Manche schaffen das nie. Sie hat die Chance auf einen Neustart mehr als verdient."

"Das kann ich doch nicht wissen", sagte ich hilflos. "Tut mir echt leid." Ich wollte die Trine nicht traumatisieren.

"Mein Büro wurde durchsucht. Die Tr … Christel muss den Täter gesehen haben. Aber wahrscheinlich hat sie ihre Nägel poliert."

"Das ist noch lange kein Grund auszurasten." Freya betrachtete die Windungen einer eigentümlich verdrehten Pflanze aus Yucatan. Als sie wieder sprach, klang ihre Stimme normal.

"Wieso wurde dein Büro durchsucht?"

"Ich weiß nicht." Ich erzählte Freya, was vorgefallen war, seit sie mich aus der U-Haft geholt hatte.

"Wenn ich bei Umut zum Frühstück geblieben wäre, würde er noch leben." Meine Mundwinkel zogen sich verdächtig nach unten.

Freya blieb stehen.

"Das ist Quatsch! Der Täter hätte tausend andere Möglichkeiten gehabt. Du hättest Umut nicht dauernd bewachen können. Du wusstest nichts von der Gefahr."

"Trotzdem ... Der Mörder muss kurz nach mir da gewesen sein."

"War es überhaupt ein Mörder? Vielleicht eine Mörderin? Eine eifersüchtige Exfreundin? Eine türkische Familie, die auf Rache sinnt?" Freya wurde aufgeregt. "Vielleicht sollte er eine Türkin heiraten und hat sich geweigert? Oder er hat eine türkische Freundin betrogen, und deren Bruder übte Rache?"

"Nicht jeder Türke ist in eine Eifersuchtsaffäre verwickelt", verteidigte ich Umut.

"Er war attraktiv?" Freya erklärte sich die Welt gerne über Paarbeziehungen. "Dir scheint er gefallen zu haben."

"Und jetzt ist er tot!" Jetzt hatte ich zu laut gesprochen.

Einige Besucher drehten sich nach uns um.

Freya packte mich am Arm.

"Du bist nicht schuld am Tod von diesem Umut. Schuld bist du nur an dem Zusammenbruch von Christel. Sie ist heute früher gegangen. Montag entschuldigst du dich bei ihr."

Bevor ich antworten konnte, stolzierte sie auf ihren Pfennigabsätzen davon. Ihr roter Lockenschopf wippte bei jedem Schritt.

27

DAS ALIBI

"Der Mörder ist hinter dir her", Wombel riss die Augen auf. "Du bist die nächste auf der Liste." Er hatte Sixpacks besorgt. Wir tranken. Die Ratte Moni lugte aus dem Kragen seines Sweatshirts, schnupperte, wollte aber kein Bier.

Aus Wombels kleinem, tragbaren Lautsprecher tönte The Clash. Mein Kumpel stand auf die Klassiker, neuere Punkbands standen kaum auf seiner Playlist. Manchmal kam er mir vor wie ein Fossil.

Ich berichtete ihm von dem Chaos in meinem Büro, aber nicht von dem Zusammenstoß mit Christel. Dann fasste ich nochmal das Wenige zusammen, was wir bisher wussten, und endete mit: „Der Täter scheint es auf Turkologen abgesehen zu haben."

"Du arbeitest auch da."

Wombel hatte recht. Wenn Turkologen das Ziel waren, war auch im Visier, denn nur wenige Menschen wussten, dass ich eigentlich einen anderen Beruf hatte. Außerdem gab mir der Einbruch in mein Büro zu denken. Das deutete darauf hin, dass meine Tarnung aufgeflogen war.

"Der Killer hat auch die Wohnung hier durchsucht." Wombel machte eine weite Bewegung mit dem Arm. "Ich bin sicher, dass jemand an meinem Seesack war. Wenn du es nicht warst ..."

"Ich habe nun wirklich kein Interesse an deinem Gepäck!"

In meiner winzigen Wohnung gab es nicht viel zu durchsuchen. Ich würde kaum merken, wenn sich hier jemand umsah.

"Sollen wir nach Hamburg fahren, bis sich alles beruhigt hat?"

"Der Typ hat Umut auf dem Gewissen!"

"Wenn dir der Türke so wichtig ist ..."

"Es geht nicht um den Türken, wie du ihn nennst. Ich muss den Mörder finden, bevor er sich ein nächstes Opfer holt. Und das will nicht ich sein!"

"Lass uns mal logisch nachdenken". Wombel nahm einen langen Schluck Bier.

"Was glaubst du, was ich die ganze Zeit tue."

"Zu zweit geht es besser. Wer hatte Gelegenheit, sowohl den Prof als auch den Türken abzumurksen?" Wombel betrachtete das Etikett seiner Bierflasche, als sei die Antwort drauf geschrieben. "Wer besuchte den Türken nach dir?"

"Ein Bekannter vor ihm. Umut öffnete ihm in Unterhose. Die Tür war nicht aufgebrochen, stand in der Zeitung." Ich erinnerte mich, dass die Nachbarin uns beobachtet hatte. Als ich mich fortschlich, hatte sich ihre Gardine bewegt, oder?

"Du warst die letzte, die den Türken lebend gesehen hat. Also, außer dem Mörder. Vielleicht erinnerst du dich an wichtige Details."

Ich runzelte die Stirn. "Ich habe einen Typ mit Hund gesehen, als ich ging."

"Du meinst, der ist nach dir rein und hat den Türken abgemurkst?"

"Das war nur einer, der seinen Hund morgens ausführt. Aber er könnte den Täter gesehen haben."

"Die Polizei wird alle Nachbarn befragt haben. Wir können schlecht bei denen rumschnüffeln", meinte Wombel. "Und im Institut, wer war da an dem Sonntag?"

Ich überlegte. "Knettenbrech, ich, dann habe ich jemand im Treppenhaus gehört ... Keine Ahnung."

Ich dachte zurück an die Blutlache neben der Leiche. Das Blut hatte feucht geschimmert.

"Knettenbrech war gerade ermordet worden war, als ich ihn fand."

"Den Todeszeitpunkt wird die Polizei kennen. Die haben da ihre Methoden. Kannst du nicht diesen Mattudingsbums fragen?"

"Klar kann ich den fragen. Aber warum sollte der mir was sagen?"

Wombel zuckte mit den Schultern. "Immerhin hat er dich vor seinem Kollegen gerettet. Vielleicht kannst du mit ihm flirten."

"Mit nem Bullen!" Wombel hatte abwegige Ideen.

Er kratzte am Etikett der Bierflasche rum. "Der Schlüssel zu dem Rätsel liegt im Turkologischen Institut. Der Mord an Knettenbrech könnte alle möglichen Motive haben, die in seinem Privatleben liegen. Aber der Mord an dem

Türken kurz darauf? Das deutet auf einen Zusammenhang hin." Wombel schien das Ganze als Denksportaufgabe zu betrachten.

"Wenn es zwei Mörder sind mit zwei Motiven? Knettenbrech wurde vor seinem Tod bedroht, Umut aber nicht. Jedenfalls nicht, soweit ich weiß."

Dieser Punkt machte mir zu schaffen. Suchte ich einen oder zwei Mörder?

"Vielleicht hat Umut den Prof umgebracht und dessen Tod wurde gerächt", spekulierte ich.

"Umut hat ein Alibi für den Tod Knettenbrechs."

"Wie kommst du darauf?"

"Hab ich das nicht erzählt? Ich war auch nicht untätig."

Wombel blinzelte mich über seine Bierflasche hinweg an.

"Hab mich umgehört. Umut war bei einer Laientheatergruppe. Sie proben jeden Sonntag. Er war definitiv nicht im Institut, sondern mimte den Othello oder so."

Keine Ahnung, wer Othello war, aber das entlastete Umut. Ich war erleichtert, denn die Idee eines Mordes mit folgendem Racheakt war mir natürlich auch schon gekommen.

Wombel kratzte an dem Bieretikett rum, dann sah er mir in die Augen und sagte: "Da ist noch was." Er deutete auf die blauen Flecken am Arm, die sich inzwischen gelb färbten. "Den Bullen, der dich verprügelt hat, zeigst du an, oder?"

"Niemand wird mir glauben."

"Dieser Mattudingsbums ist Zeuge."

"Wie oft haben wir versucht, die Bullen wegen Übergriffen bei Demos anzuzeigen. Hast du das vergessen? Nicht ein Mal sind wir damit durchgekommen."

"Aber das ist was anderes."

"Wieso?"

"Na, ich meine ..." Wombel druckste herum, was gar nicht seine Art war. "Du bist keine Punkerin mehr. Du bist, wie soll ich sagen, irgendwie etabliert."

Ich schnaubte. "Hältst du eine Privatdetektivin für glaubwürdiger als eine Punkerin?"

28

DER TIPP

ICH QUÄLTE mich in aller Frühe ins Büro, nur um der Trine nicht zu begegnen. Keine Ahnung, was ich sagen sollte, falls sie mir über den Weg lief. Wieso hatte ich mich nie unter Kontrolle?

In meinem Büro warf ich einen Schwung Briefe auf den Tisch, die ich aus dem Büro-Briefkasten geklaubt hatte. Eine Rechnung vom Telefonprovider. Eine Rechnung vom Büromittelversand. Mein Konto würde bluten.

Dann ein Umschlag mit schwarzem Rand. Absender: Sabine Knettenbrech. Die Witwe lud mich zur Beerdigung von Professor Heribert M. Knettenbrech ein. Datum: Heute. Elf Uhr auf dem Hauptfriedhof. Hatte ich fast vergessen.

Schon wollte ich den Brief der Witwe weglegen, da fiel noch ein Blatt aus dem Umschlag. Ein Scheck über die erste Rate meines Honorars! Wahrscheinlich der Lohn für meine Mühe, den Zwischenbericht zu tippen.

Da bemerkte ich, dass der Anrufbeantworter vor sich hin blinkte. Ich drückte die Abhörtaste.

"Hier spricht Eillrich von Pietät Eillrich", rasselte es vom Speicherchip. "Mir ist noch was eingefallen. Weiß nicht, ob das wichtig ist. Sie können mich zurückrufen." Dann sagte sie ihre Telefonnummer auf.

Das konnte warten. Erst würde ich den Scheck einlösen. Es dauerte erfahrungsgemäß eine Weile, bis das Geld meinem Konto gutgeschrieben würde.

Ich guckte auf die Uhr. Erst 7.30 Uhr. Ich blickte ins Treppenhaus, aber unten rührte sich noch nichts. Schnell sprang ich die Stufen runter. Mit dem Rad war ich in fünf Minuten bei der Sparkasse.

In Vorfreude auf das Honorar hob ich 500 Euro ab. Das Geld schien frisch gebügelt, es knisterte beim Anfassen.

Das musste gefeiert werden. Hier im Studentenviertel Bockenheim war noch alles geschlossen, deshalb fuhr ich in die Innenstadt ins Café ganz oben auf dem Shoppingcenter myZeil. Dort bestellte ich das größte Frühstück der Karte samt Sekt.

Von hier aus hatte man einen Blick über die Dächer der Innenstadt, dahinter ragten die Bankgebäude der Skyline auf. Frankfurt von oben.

Beim Essen fiel mir der Anruf von Eillrich wieder ein. Die Bestatterin hätte ihre Nachricht ja auch aufs Band sprechen können. Blöde Geheimnistuerei. Ich zückte mein Handy, suchte die Nummer und rief sie an.

"Eillrich, Bestattungen und Überführungen, was kann ich für Sie tun?"

Die Stimme der jungen Unternehmerin klang frisch.

"Hardenberg hier, Sie erinnern sich, die Detektivin. Ich

war neulich bei Ihnen, wegen dem Tod von Professor Knettenbrech."

"Natürlich, Frau Hardenberg."

"Sie haben auf mein Band gesprochen."

"Mir ist was eingefallen, aber ich weiß nicht, vielleicht ist das nicht so wichtig."

"Alles ist wichtig", sagte ich in der Hoffnung, geduldig zu wirken.

"Wissen Sie, ich habe mich daran erinnert, an wen ich mich erinnerte, also, an wen mich der Mann erinnerte ..." Sie brach ab, hatte sich in dem Satz verhakt.

"Ja?"

"Also der Mann, Sie wissen schon, der den Sarg für Familie Knettenbrech bestellt hat, also den ersten Sarg, den, der wieder zu uns zurückkam. Der nicht gebraucht wurde."

"Und?"

"Der Mann erinnerte mich an meinen Großvater. Jetzt ist mir wieder eingefallen, warum."

"Warum?"

"Er roch nach Rauch. Nicht nach Zigaretten-, sondern nach Pfeifenrauch. Mein Großvater liebte seine Pfeife, kam mir der Geruch vertraut vor." Sie hielt inne.

Pfeifenrauch! Mir war etwas schwindelig vom Sekt am frühen Morgen. Es war so viel passiert in den letzten Tagen, dass mir der Kopf schwirrte. Wen hatte ich getroffen, der Pfeife rauchte?

Ich bedankte mich. Eillrich schien befriedigt, dass sie die Information weitergegeben hatte.

Mir war schleierhaft, wieso sie das nicht auf den Anrufbeantworter sprechen konnte.

Ich zahlte und gab der Kellnerin ein großzügiges Trinkgeld. Heute reichte das Geld für alle.

29

DIE BEERDIGUNG

SCHWARZ GEKLEIDETE MENSCHEN standen im Vorraum der kleinen Kapelle am Hauptbahnhof. Einige kannte ich. Schlagnach mit verheultem Gesicht. Der Doktorand Clemens Wagner, noch bleicher als sonst. Mit der Gesichtsfarbe war er wahrscheinlich ein Nerd und Bücherwurm. Mitten in einem Pulk aufgeregt diskutierender Herren, alle im Frack, machte ich den dicken Professor Striebel aus, neben ihm seinen hageren Kollegen Siegmund Huber. Der nach Schlagnachs Meinung nun wirklich nichts mit der Witwe hatte.

Ich trat zu der Bibliothekarin.

Sie schniefte in ein Taschentuch.

Ich drückte ihren Arm.

"Ach Sandy ..." Wieder ein Schniefen.

"Ich dachte, du mochtest ihn nicht?"

"Den Chef mag man doch nie, oder?", Schlagnachs rote Nase verschwand in dem Tempotuch. "Darum wünscht man ihnen doch nicht den Tod an den Hals." Schniefen. "Schon gar nicht so einen!"

„Hat er dich nicht genervt?“

„Ich war immer nur die blöde Bibliothekarin, bis Professor Knettenbrech die Institutsleitung übernahm. Dann hat er mir geduldig die Grundlagen der Turkologie erklärt. Zu jedem Geburtstag stand ein Strauß Blumen auf dem Tisch. Und jetzt … hab ich nur noch meine Katze.“

Ich lenkte ab. "Und jetzt hat es Umut erwischt! Ein gefährliches Pflaster, das Institut."

"Der Arme! So furchtbar! Dabei hatte er gute Aussichten auf eine steile Karriere in der Wissenschaft. Man hatte ihm gerade ein Stipendium zugesprochen."

"Was für ein Stipendium?" Dunkel erinnerte ich mich, dass er so etwas erwähnt hatte.

"Das ist ein begehrtes Stipendium für Doktoranden. Jetzt hat er noch nicht mal mehr erfahren, dass es ihm zugesprochen wurde." Sie schniefte wieder. Dann blickte sie nach rechts und links, beugte sich vor und flüsterte mir zu: "Die Zeitung schreibt, das Institut sei verflucht!" Sie machte ein Gesicht wie ein Mäuschen, das in eine Ecke gedrängt war.

"Unsinn." Ich strich ihr unbeholfen über den Rücken. "Wir sind quicklebendig, Huber und Striebel auch", versuchte ich sie zu trösten.

Schlagnach richtete sich auf. "Striebel lässt es sich gut gehen und Huber, der ist gerade erst vom Van-See zurückgekommen."

"Vom Wannsee?" Ein Schlager aus Berlin ging mir durch den Kopf: *Und dann fahrn wir raus zum Wannsee.*

"Was macht Huber denn in Berlin?"

"Wieso Berlin?" Schlagnach guckte mich verdattert an.

"Na, am Wannsee."

"Ach so, nein, er war am Van-See in der Türkei. Der Van-See liegt ganz im Osten. Huber hat zehn Tage eine Exkursion geleitet zu Ruinen der Kultur von Ur-Artu. Sein spezielles Forschungsgebiet."

Mein Hirn ratterte. Huber hatte also ein Alibi zumindest für den Mord an Umut. Er war in der Türkei gewesen.

"Warum bist du nicht mehr gekommen?", wollte Schlagnach wissen. "Ich könnte deine Hilfe in der Bibliothek brauchen." Sie setzte hinzu: "Auch wenn du keine ausgebildete Fachkraft bist."

Ich murmelte etwas, wie tief mich der Tod der Kollegen berührt hätte. Schlagnach schluchzte wieder auf und vergrub ihr Gesicht in einem neuen Taschentuch.

Ich spürte eine Bewegung hinter mir. Als ich mich umwandte, blickte ich in das Gesicht von Clemens Wagner.

Auch er wollte offenbar Schlagnach trösten.

Ich nutzte die Gelegenheit, mich von der Bibliothekarin loszueisen. Ich murmelte etwas von Beileid und drückte mich durch die Menge Richtung Kapelle.

Dann fiel mir ein, dass Clemens Wagner mir helfen könnte, die Papiere von Umut zu verstehen. Die beiden Doktoranden teilten sich ein Arbeitszimmer, sicher hatten sie ihre Forschungen miteinander besprochen. Aber als ich mich umdrehte, konnte ich den Doktoranden in der Menge der Trauergäste nicht mehr ausmachen.

Es traten weitere schwarz gekleidete Menschen in den Vorraum der Kapelle. Die blonde Mähne von Knettenbrechs Sekretärin leuchtete zwischen all dem Schwarz, aber sonst schien ich eine der wenigen Frauen hier zu sein.

Lautes Lachen ertönte von einer Gruppe befrackter Männer in der Mitte des Raumes, wurde schnell unterdrückt.

Ich schob mich an die Gruppe heran. Der dicke Striebel musste gerade eine lustige Anekdote erzählt haben.

Ein Mann mit runder Brille und Vollbart sagte: "Ihr werden dahingerafft, damit wird unsere Fakultät noch schwächer."

Striebel brummte nur.

"Für den Rektor sind wir doch nur Orchideenfächer, die den Etat belasten." Der Mann mit der Nickelbrille war laut geworden. „Wir Romanisten müssen schon wieder zehn Prozent einsparen. Zehn Prozent von was, bitte?“

Jetzt mischte sich Huber ein. "Der Unileitung werden wir es zeigen. Unsere Forschungen sind höchst relevant. Gerade hat mir die Türkische Republik eine großzügige Förderung zugesprochen." Triumphierend blickte Huber in der Runde.

Der Bebrillte wirkte auf einmal, als habe Huber ihn in den Magen geboxt.

"Damit können wir bedeutende Projekte angehen."

"Sie werden der neue Institutsdirektor, hab ich Recht?" stichelte der mit der Nickelbrille.

"Kollege Striebel ist ja auch noch da", sagte Huber mit einem vorsichtigen Seitenblick zu seinem Kollegen.

"Wir schreiben die Professur neu aus und wählen anschließend den Institutsleiter."

Striebels Stimme klang sehr zufrieden.

"Wir werden einen Kollegen suchen, der die Traditionen unseres Fachs respektiert."

Dabei blickte er Huber an, als erwarte er Zustimmung.

Ich stand jetzt direkt hinter seinem breiten Rücken und lauschte aufmerksam. Die Herren Professoren verdrängten ihre Angst durch forsche Sprüche. Oder hatten sie keine Angst, weil sie wussten, wer die Toten auf dem Gewissen hatte? Fühlten sie sich nicht bedroht, weil sie an eine private Abrechnung mit Knettenbrech glaubten? Und welche Bedeutung hatte Umuts Tod für sie?

Ein feiner Geruch stieg mir in die Nase. Striebel duftete definitiv angenehm. Aber der Duft stammte nicht von einem exklusiven Rasierwasser.

"Bis ein Nachfolger gefunden ist, wird es dauern, wie Sie alle wissen."

Striebel klopfte Huber kräftig auf die Schulter, so dass der hagere Mann zusammenzuckte.

"Solange teilen sich mein geschätzter Kollege Huber und ich die Institutsleitung."

Eine neue Duftwolke erreichte meine Nase. Tabakrauch!

Mir fiel wieder ein, wie Striebel nach unserem gemeinsamen Mittagessen seine Pfeife gestopft hatte. Es schien urlange her zu sein.

War das der Geruch, der Bestatterin Eillrich aufgefallen war? Hatte Striebel den Sarg für seinen Kollegen Knettenbrech bestellt? War er der Doppel-Mörder?

30

VERDÄCHTIG

EINE LEISE GLOCKE ERKLANG. Die Türen zur Kapelle wurden geöffnet und die Trauergemeinde strömte hinein. Ich drückte mich gleich neben der Tür auf die hinterste Bank. Es wurde voll. Hinter mir lehnten sich Nachzügler an die Wand.

Durch den Gang zwischen den Bänken blickte ich nach vorne. Vor dem Altar, der mit Blumengestecken üppig geschmückt war, stand eine Urne.

Da sollte Knettenbrech jetzt drin sein - beziehungsweise das, was von ihm übrig war.

Ich konnte es nicht fassen.

Die letzten Trauergäste suchten noch Stehplätze, da trat Sabine Knettenbrech ein. Sie trug ein schwarzes Kostüm. Ihr Gesicht war hinter einem Schleier verborgen. Kerzengerade schritt sie durch die gefüllte Kapelle nach vorne, um in der ersten Reihe Platz zu nehmen.

Der Pfarrer trat vor. Er kündigte an, dass einige

Kollegen des Verstorbenen sprechen würden, bevor der Gottesdienst begann. Nacheinander standen die Professoren auf, die eben noch über die Nachfolge Knettenbrechs diskutiert hatten. Mit Grabesstimme trugen sie ihre Betroffenheit über das plötzliche Ableben des geschätzten Kollegen vor.

Der Mann mit der Rundbrille sagte: "Gerne hätten wir mit einem so herausragenden Wissenschaftler wie Professor Heribert Knettenbrech ein gemeinsames Projekt angegangen. Diese einmalige Gelegenheit zur interdisziplinären Forschung wird nun auf unbestimmte Zeit verschoben werden müssen, was wir aufs Äußerste bedauern."

Striebel nahm den Platz des bebrillten Romanisten ein. Er klang überzeugend, als er seine Trauer über den Tod des Kollegen ausdrückte. Das Institut sei in seiner internationalen Bedeutung zurückgeworfen, die Turkologie um eine Koryphäe ärmer.

Niemand erwähnte das Wort "Mord". Entweder hatten die Redner den Grund von Knettenbrechs Ableben verdrängt oder sie schreckten davor zurück, öffentlich darüber zu reden.

Ich ließ Striebel nicht aus den Augen, als er sich hinsetzte. Er nahm hinter der Witwe Platz, neben Huber.

Während der Pfarrer predigte, grübelte ich, wie ich Striebel überführen könnte. Ob er auch Umut auf dem Gewissen hatte? Und mein Büro durchsucht? Das machte keinen Sinn. Striebel mochte seine Gründe haben, Knettenbrech aus dem Weg zu räumen, um die Institutsleitung zu übernehmen. Ob er Huber als Nächstes aus dem Weg räumen wollte? War dessen Leben in Gefahr?

Mir schwirrte der Kopf. Der Mord an Umut passte nicht ins Bild. Konnte ein Doktorand einem Prof gefährlich werden?

Striebel durfte mir nicht entkommen. Am besten, ich würde ihn gleich nach bei der Beerdigung zur Rede stellen. Mitten unter den Trauergästen würde er mir nichts antun.

Orgelmusik erfüllte die Kapelle.

Ich erhob mich leise und ging raus.

Graue Wolken zogen über den Himmel, aber die Luft war frisch und ließ den Frühling ahnen.

Ich atmete tief ein.

Es dauerte noch einige Zeit, bis sich die Türen der Kapelle öffneten und die Trauernden auf den Friedhof strömten. Sie formierten sich zu einem Zug mit der Witwe an der Spitze. Striebel ging dicht hinter ihr.

Ich behielt ihn im Auge und folgte dem Zug.

Am Grab ergriff wieder der Pfarrer das Wort.

Ich stand zu weit entfernt, um etwas zu verstehen.

Ein kühler Wind strich durch die Bäume.

Ich zog den Reißverschluss meiner Jacke hoch. War mir nicht schwergefallen, schwarze Klamotten für die Beerdigung zu finden.

Sabine Knettenbrech warf gerade mit einem Schäufelchen Erde in das Grab. Es folgte ein Strauß roter Rosen. Auch andere Trauernde hatten Blumensträuße dabei, die sie jetzt niederlegten.

Ich trat von einem Bein aufs andere und steckte meine Hände tief in die Jackentaschen. Der Wind ließ mich frösteln.

Schließlich war die Zeremonie beendet. Einige Gäste standen in Gruppen zusammen und unterhielten sich leise, andere gingen gemessenen Schrittes zurück in Richtung Kapelle.

Ich folgte Striebel, der mit Huber und dem Romanisten gemächlich dem Ausgang zustrebte. Die drei lachten schon wieder.

Striebel würde das Lachen noch vergehen. Ich hatte ihn so gut wie überführt. Dank meiner professionellen Ermittlungen würde er bald in einer Zelle schmoren.

Am Parkplatz rief Huber: "Bis bald, auf zu neuen Ufern." Er winkte Striebel zu und stieg in einen Kleinwagen.

"Auf die Ära Huber-Striebel!", antwortete Striebel. Demonstrativ fröhlich, wie mir schien. Er trat neben einen silbernen Mercedes der S-Klasse und kramte in seiner Tasche nach dem Autoschlüssel.

Ich stellte mich genau vor seinen prallen Bauch. "Herr Striebel, ich muss Sie sprechen!"

31

RICHTUNG OFFENBACH

"GUTEN TAG." Striebel nickte mir zu. "Kennen wir uns?"

"Ich unterstütze Schlagnach in der Bibliothek", half ich ihm auf die Sprünge.

"Und, haben Sie alle überfälligen Bücher einkassiert?" Striebel grinste. Er wusste genau, dass die Bücher noch auf seinem verstaubten Schreibtisch lagen.

Es begann zu regnen. Die Tropfen perlten von dem silbernen Lack von Striebels Wagens ab.

Ich zog mir die Kapuze meiner Jacke über den Kopf.

"Hier geht es nicht um Bücher, Herr Striebel, hier geht es um Mord!"

"Den alten Knettenbrech haben wir jetzt unter die Erde gebracht. Striebel hatte seinen Schlüssel gefunden und drückte darauf.

"Armer Knabe, was für ein Ende."

Mit einem sanften Klick sprang die Autotür auf. Dabei blinzelte der Mercedes mit den Blinkern.

Aus den Augenwinkeln sah ich, dass immer noch Trauergäste aus dem Friedhof strömten. Einige standen an der Haltestelle der Straßenbahn und warteten. Ich war nicht allein, Striebel konnte mir nichts antun.

Ich riskierte es: "Professor Striebel, Sie haben die Todesanzeige in die Zeitung gesetzt, den Kranz bestellt und Ihrem Kollegen einen Sarg geschickt!"

Fast hätte ich mich verschluckt, als ich die Sätze hervorhaspelte.

Striebel starrte mich an. Alles Joviale war aus seinem Gesicht gewichen.

"Sie haben Knettenbrech aus dem Weg geräumt, um Institutsleiter zu werden. Aber damit kommen Sie nicht durch!"

Striebel hatte sich so weit gefangen, dass er sprechen konnte. Auch mein Name war ihm wieder eingefallen.

"Frau Hardenberg, wo denken Sie hin."

"Ich habe Beweise."

"Unverschämt! Das ist blühender Unsinn."

Striebel wollte in seinen Wagen steigen. Dann hielt er inne und wandte sich um.

Er ging um das Auto herum und öffnete mit großer Geste die Beifahrertür.

"Bitte, steigen Sie ein, wir unterhalten uns in Ruhe."

Ich zögerte. Wollte Striebel mich entführen und beseitigen?

"Angst?" Striebel schaute mich durchdringend an. "Ich tu Ihnen schon nichts."

Detektivinnen haben keine Angst. Ich gab mir einen Ruck und stieg ins Auto. Mit dem Handy könnte ich zur Not Hilfe rufen. Solange Striebel am Steuer saß, war ich sicher. Wenn ich die Handbremse zog, würde der Wagen ins Schleudern geraten. Alte Weisheit von Tramperinnen: Jeder Mann würde in dieser Situation sein heiliges Blechgefährt retten und von der Beifahrerin ablassen.

Striebel startete den Benz. Leise surrend fuhr der Wagen an. Wir fädelten uns in den Verkehr auf der Hauptstraße. Striebel lenkte Richtung Innenstadt und bog in den Cityring ein.

Ich merkte, dass meine rechte Hand den Türgriff umklammerte. Vorsichtig lockerte ich die Finger.

Wenn ich ein Geständnis wollte, musste ich ihn provozieren.

"Ich verstehe ja, dass Sie Knettenbrech beseitigen mussten. Aber Umut?"

Striebel starrte auf die Straße. Seine Finger umkrampften das Lenkrad.

"War er ein Augenzeuge?"

"Sie sind gar keine Bibliothekarin!"

"Ich bin Privatdetektivin und arbeite eng mit der Kriminalpolizei zusammen."

Striebel schluckte.

Ich konnte sehen, wie sich sein Adamsapfel bewegte.

Er blickte weiter starr auf die Straße. Jetzt fuhr er über den Main und bog Richtung Offenbach ab.

Wollte der Schurke mich dort erledigen und verscharren? In Offenbach war alles möglich.

"Wo fahren wir hin?", presste ich hervor.

"Wir sind schon da." Lächelte Striebel etwa?

Er bog nach links in eine Einfahrt ein und stellte seinen Wagen auf einen Schotterparkplatz neben andere Gefährte ähnlicher Preisklasse.

Hinter Bäumen sah ich ein altes Gebäude, das mir bekannt vorkam. Dann erkannte ich es: Die Gerbermühle war eine Gartenwirtschaft am Mainufer auf halber Strecke zwischen Frankfurt und Offenbach. Angeblich soll schon Goethe hier Apfelwein gepichelt haben.

"Wir sollten Ihre, hm, so genannten Beweise in Ruhe besprechen." Striebel dirigierte mich zu den Biertischen der Außenterrasse.

Der Regen hatte aufgehört, aber der Himmel war weiterhin bewölkt. Es wehte ein kühler Wind. Wir waren die einzigen Gäste hier draußen. Striebel fragte: "Äppelwoi?"

Ich nickte.

Er ging in den Gastraum.

Ich massierte meinen Nacken. Irgendwie hatte ich in dem geräumigen Mercedes ganz verkrampft gesessen.

Striebel kam mit Apfelwein und Salzbrezeln zurück. Er wuchtete seinen schweren Körper auf die Bierbank und prostete mir zu. In dem schwarzen Frack von der Beerdigung wirkte er auf den Bierbänken ein wenig fehl am Platz.

"So, Frau Hardenberg, und jetzt erzählen Sie mal, was Sie eruiert haben."

Er blickte mich an, ernst, aber nicht unfreundlich.

Ich nahm einen Schluck von dem Getränk. Der Äppelwoi war so sauer, dass sich in meinem Mund alles zusammenzog.

"Sie haben die fingierte Todesanzeige für Knettenbrech bei der Zeitung aufgegeben. Außerdem haben Sie unter falschem Namen einen Grabkranz an Knettenbrechs Privatadresse schicken lassen."

Striebel nahm einen Schluck Äppelwoi. Offenbar war er an das Gesöff gewöhnt, er verzog keine Miene.

"Es gibt Beweise." Eine Schriftprobe würde entlarven, dass er den Kranz bestellt hatte. Hoffte ich.

"Aber ich war's nicht. Warum sollte ich jemanden umbringen? Noch dazu meinen eigenen Kollegen?" Er blickte mich durchdringend an.

Ich holte tief Luft.

"Und Sie haben einen Sarg an Knettenbrechs gesendet. Ich habe eine Zeugin."

Striebel studierte aufmerksam seinen Äppelwoi.

Ich musste es versuchen. "Außerdem waren Sie im Institut am Sonntag, als Knettenbrech umgebracht wurde." Im Bluffen war ich schon immer gut gewesen. Beim Pokern jedenfalls

Striebel verzog angeekelt sein Gesicht. Es lag nicht am Äppelwoi.

"Ich erkläre Ihnen, wie es wirklich war." Der Professor sah mich ruhig an. "Okay, ich gebe zu, ich habe meinem Kollegen Knettenbrech einen Schabernack gespielt."

"Das nennen Sie Schabernack?" Ich dachte an die Blutlache neben Knettenbrechs Kopf.

"Verstehen Sie mich nicht falsch", sagte er eilig. "Ich habe ihn nicht umgebracht." Striebel hielt inne. "Das sollte nur ein Scherz sein."

"Ein Scherz?"

"Ich wollte ihm Angst einjagen. Vielleicht wäre er so verunsichert, dass er seine Position als Institutsleiter freiwillig räumte."

"Auf die Idee kam er gar nicht. Dann ist die Sache aus

dem Ruder gelaufen, da war diese Statue. Sie haben sie sich geschnappt und ..."

Er unterbrach mich. "So war es nicht." Jetzt klang er verzweifelt. "Ich ertrug seine Arroganz nicht mehr. Als ich damals für die Institutsleitung kandidierte, hat er mich ausgelacht. Als er schließlich den Posten bekam, hat er alle Forschungsgelder für seine eigenen Projekte einkassiert." Striebel hatte einen jammernden Ton angeschlagen, wie ein Kind, dem man sein Spielzeug wegnimmt.

"Das ist doch kein Grund, ihn umzubringen."

"Ich habe ihn nicht umgebracht, hören Sie mir nicht zu?" Striebel schnaubte. "Ich wollte ihn verunsichern. Er sollte etwas bescheidener werden, sich auch mal Sorgen machen. Dann ist das irgendwie eskaliert. Aber ich habe ihn nicht umgebracht, ich schwöre es."

"Warum waren Sie am Sonntag im Institut?"

"Ich geb's ja zu, ich war am Sonntag im Institut. Aber als ich ging, lebte Kollege Knettenbrech noch, glauben Sie mir."

Striebel schaute wieder angestrengt in seinen Äppelwoi. Er kniff den Mund zusammen.

"Kriminalhauptkommissar Mattuschewski wird das sehr interessieren."

"Der Polizei liegt meine Aussage vor." Er hob den Blick nicht aus dem Glas.

Ich überlegte fieberhaft.

"Und die Presse erst. Für die ist das ein gefundenes Fressen."

Als er aufblickte, wusste ich, dass ich ihn am Haken hatte.

"*Professor verpasste Mörder - wäre er sonst auch tot?*" Hübsche Schlagzeile, oder?"

Er seufzte auf. "Lassen Sie die Presse aus dem Spiel."

"Die zahlen mir ein Infohonorar, wenn ich denen das stecke. Es gibt da diese Zeitung mit den großen Buchstaben ..."

"Hören Sie, wir schließen einen Deal. Ich erzähle Ihnen alles, was ich weiß. Aber kein Wort zur Presse!"

32

DAS CALLGIRL

"ICH HABE EINE ZEUGIN." Striebel druckste herum. Dann sagte er, er habe sich an dem bewussten Sonntag mit einem Callgirl im Institut getroffen.

"Im Institut?"

Striebel starrte in sein Glas. Er murmelte etwas, was ich nicht verstand.

"Was?"

"Ich fand das besonders, wie soll ich sagen, anregend."

Von mir aus konnte jeder seine Vorlieben ausleben, wie er wollte. Mich interessierte etwas anderes: "Wer war noch im Institut?"

"Es war furchtbar." Striebel vergrub sein Gesicht in den Händen. Dann blickte er mich an: "Ich dachte, am Sonntag seien wir alleine, aber kaum hatte ich mit dem Mädchen, wie soll ich sagen ... Kaum hatten wir es uns gemütlich gemacht, kam Kollege Knettenbrech. Er ging in sein Büro und fing an zu tippen, zum Glück hat er uns nicht bemerkt."

"Sonst war niemand da?"

"Ich bin mir nicht sicher. Ich wollte Knettenbrech nicht mit meiner, ähm, Begleitung begegnen. Wir haben uns verdrückt."

Er zögerte.

"Es schien mir, als habe ich Geräusche aus dem Kopierraum gehört. Ich dachte noch, jemand kopiert heimlich am Sonntag private Unterlagen. Aber wir sind schnell gegangen."

"Woran erinnern Sie sich sonst noch?"

"Ich war nervös, wollte Knettenbrech nicht über den Weg laufen. Ich war verärgert, weil ich … weil wir … also, das Treffen mit dem Mädchen hatte ich mir anders vorgestellt."

"Und dann?"

"Dann sind wir in ein Hotel gegangen."

Das interessierte mich nicht.

"Herr Striebel, bitte konzentrieren Sie sich. Denken Sie an den Moment zurück, als Sie im Institut waren. Haben Sie etwas gerochen, gehört, gespürt?"

"Ich kann's nicht beschwören, aber da war das Geräusch des Kopierers."

"Machen Sie die Augen zu und stellen sich die Situation in allen Einzelheiten vor." Das hatte ich von Freya gelernt. Sie wandte diese Technik an, damit ihre Klientinnen ausführliche Gedächtnisprotokolle von sexuellen Übergriffen schrieben.

Tatsächlich schloss der Professor die Lider. Er begann, gleichmäßig zu atmen, und seine Schultern sackten entspannt nach unten. Auf einmal riss er die Augen wieder auf: "Da war noch was, jetzt erinnere ich mich. Jemand hat geflucht. Und zwar auf Türkisch! Es war nur so ein unterdrückter Laut, aber wissen Sie, wenn Sie sich dauernd mit Sprache beschäftigen, kann man das ganz gut hören, ob jemand Deutsch oder Türkisch spricht, auch wenn man die Worte nicht genau versteht."

Das ließ nur einen Schluss zu: "Es muss Umut gewesen sein."

"Ja, er ist der einzige Türke am Institut. Ein Deutscher würde doch nicht auf Türkisch fluchen?"

Ich überlegte. Eher vielleicht auf Englisch. Ich trank einen Schluck Äppelwoi und schüttelte mich.

Striebel sah mir tief in die Augen.

"Meine Familie darf von all dem nichts erfahren. Meine Frau ist Türkin. Ihre Brüder würden mich umbringen, wenn rauskommt, dass ich mich mit jemand anders getroffen habe."

Ich schwieg.

"Sie darf es nicht wissen! Meine Familie darf auf keinen Fall da reingezogen werden!"

Ich trank den Rest Äppelwoi aus und sagte Striebel, dass ich zur Toilette müsse. Dort grübelte ich darüber nach, was Striebels Aussage bedeutete. Konnte Umut am Sonntag im Institut gewesen sein? Dabei hatte Wombel doch sein Alibi überprüft. Umut hatte mit einer Theatergruppe geprobt. Wenn er Knettenbrech umgebracht hatte, wer hatte dann ihn auf dem Gewissen? Das machte alles keinen Sinn.

Striebel saß unverändert auf der Bierbank, vor ihm ein volles Glas Äppelwoi. Auch auf mich wartete ein weiteres Glas von dem sauren Zeug.

In meiner Tasche fiepte das Handy. Ich ignorierte es.

"Herr Striebel", den "Professor" sparte ich mir. "Sie

nennen mir den Namen der Dame, mit der Sie sich im Institut vergnügt haben." Er sollte für seine kindischen Spiele büßen: "Sie gehen zu Frau Knettenbrech, gestehen Ihr Ihren so genannten Scherz und entschuldigen sich!"

"Aber ...!" Striebel war es nicht gewohnt, Befehle entgegenzunehmen.

"Keine Widerrede! Sonst hänge ich Ihre Aussage am Schwarzen Brett des Turkologischen Instituts aus. Sie wären der Lacher der Woche."

Striebel sackte in sich zusammen. "Wenn Sie meinen", murmelte er.

"Außerdem wäre es gut, wenn Sie Ihre Aussage bei bei der Polizei wiederholen. Fragen Sie nach Kriminalhauptkommissar Mattuschewski."

"Mit denen habe ich schon gesprochen. Die haben alle nach einem Alibi gefragt."

"Und sonst hat die Polizei nichts gefragt?"

"Nein, nur nach dem Alibi." Seine Stimme war nur noch ein Flüstern. Er zog einen Kuli aus der Jackeninnentasche und schrieb eine Telefonnummer auf den Bierdeckel. Dabei drückte er so fest auf, dass er tiefe Rinnen in den Bierdeckel stanzte.

Ich erkannte die Handschrift wieder.

Er schnippte den Bierdeckel zu mir rüber.

"Die Nummer von Natascha. Sie kann meine Aussage bestätigen." Er machte eine Pause. "Aber sagen Sie um Himmels willen nichts der Presse!"

"Noch eine Frage: Wer war der Mörder? Was denken Sie? Und wer hat Umut umgebracht?"

Striebel zuckte mit den Schultern. "Es gibt kein Motiv."

Er senkte die Stimme: "Das Institut soll verflucht sein, schreibt die Presse."

"So ein Quatsch!"

"Ja, da haben Sie Recht. Ich fahre jetzt zu einem Kongress nach Istanbul und wenn ich zurückkomme, wer weiß, vielleicht ist der Mörder gefasst? Mit Ihrer tatkräftigen Hilfe kommt die Polizei sicher schnell weiter."

Es klang ironisch.

Ich ließ ihn auf seiner Bierbank sitzen und lief am Main zurück nach Frankfurt, um meine Gedanken zu ordnen.

33

BEIM THEATER

"HÖR MAL, Du hattest doch Umuts Alibi gecheckt?"

"Was?", grunzte Wombel. Er wälzte sich auf die andere Seite. Die kleine Ratte sprang quietschend weg, kuschelte sich dann wieder an ihn. Die Stimme meines Kumpels war heiser. "Wie spät?"

Es war Sonntag morgen. Ich hatte die halbe Nacht wachgelegen und über die Geschehnisse nachgedacht. Jetzt hielt ich es nicht mehr aus und stupste meinen schlaftrunkenen Kumpel an.

"Das Alibi, von Umut. Du hast das überprüft!"

"Ja?" Wombel kniff die Augen zusammen, dann machte er sie auf. In Zeitlupe.

Ich rüttelte an seinem Bein. "Was haben die Theaterleute gesagt?"

"Alibi", Wombel überlegte. "Der Türke war bei dieser Theaterprobe, das ist sein Alibi."

"Bist du sicher, dass er die ganze Zeit dabei war?"

"Keine Ahnung!" Wombel richtete sich auf. "Jedenfalls probt diese Theatertruppe Sonntag nachmittags."

"Und war Umut letzten Sonntag dabei?"

"Ich habe angerufen, und der Hausmeister von der Schule, in der die proben, hat gesagt, dass sie jeden Sonntag proben."

"Auch letzten Sonntag?"

"Ja."

"War Umut bei den Proben?"

Wombel vermied es, mir in die Augen zu sehen. "Ich denke schon."

"Schöne Art, ein Alibi zu prüfen!"

Auf so eine Hilfe konnte ich verzichten.

Ich ließ Wombel weiterschlafen. Als ich meine Klamotten anzog, fand ich das Bündel Geldscheine in der Tasche, das ich abgehoben hatte. So viel Bargeld war ich nicht gewohnt. Ich stopfte das meiste davon in einen Umschlag und legte ihn in den Kühlschrank. Wer auch immer in meinem Apartment herumstöberte, würde dort nicht nachgucken.

Dann verzog ich mich ins Bad, um Wombel nicht mit meinen Telefonaten zu stören. Nach einigem Hin und Her erreichte ich Verena Hausmann, die Regisseurin von Umuts Theatertruppe. Ich erzählte, ich wolle eine Rede halten zum Gedenken an Umut und ihr gerne ein paar Fragen stellen.

Sie sagte, sie sei im Bockenheimer Depot und ich könne vorbeikommen. Das ehemalige Straßenbahndepot diente jetzt als Kulturraum.

Es war nur wenige Minuten zu Fuß von meiner Wohnung entfernt.

"Kommen Sie, wir gehen in die Maske." Verena Hausmann war dünn, wirkte aber nicht zerbrechlich, sondern strahlte Energie aus. Sie hielt sich sehr aufrecht. Sie führte mich in einen engen Raum mit vielen beleuchteten Spiegeln.

"Sie wollen etwas über Umut wissen?", fragte sie ernst. "Haben Sie mit ihm studiert?"

"Ich arbeite am Turkologischen Institut", sagte ich. "Wir kannten Umut nur als Student, er schien sehr aufgeschlossen. Aber wie war er privat?"

"Umut war ein total guter Kumpel. Kann mir überhaupt nicht vorstellen, wieso ihn jemand umbringen wollte."

"Das kann sich keiner vorstellen. Was hat er bei Ihnen gemacht?"

"Er war Schauspieler. In unserer neuen Produktion sollte er den Othello spielen."

"Das ist sicher anspruchsvoll."

"Eine wichtige Sprechrolle. Jetzt müssen wir umbesetzen. Wir haben nicht so viele Leute." Sie verzog den Mund.

"War er zuverlässig?"

"Er hat nie gefehlt, das ist bei den Amateuren gar nicht selbstverständlich. Wissen Sie, wochentags arbeite ich mit Profis und am Wochenende mit den Laien. Das ist ein schöner Ausgleich."

Sie erwartete offensichtlich Bewunderung für ihren Einsatz.

"Sie sind sehr engagiert. War Umut ein guter Schauspieler?"

"Das Stück war ihm wichtig, das merkte man. Er hat sich voll eingebracht und nie einen Sonntag gefehlt." Sie hielt inne. "Jetzt haben wir ein Problem. Wir müssen einen neuen Othello finden. Die Premiere muss verschoben werden."

"Am letzten Sonntag war er auch da?"

"Ich sag doch, er war immer bei den Proben. Wieso interessiert Sie das?"

"Wegen dem allgemeinen Bild. Wissen Sie, ob er noch andere Hobbies hatte?"

"Sonst hat er studiert, soweit ich weiß. Er hat an seiner Doktorarbeit gesessen. Nur für uns nahm er sich frei."

"Und letzten Sonntag war er auch da?"

"Ja, wie immer." Sie zog die Augenbrauen zusammen. "Letzten Sonntag hatten wir Stellprobe. Er war die ganze Zeit da, nur nach dem zweiten Akt ist er kurz raus. Da tritt er eine Weile nicht auf." Sie versuchte sichtlich, sich zu erinnern. "Dann kam er zum dritten Akt zu spät. Ungewöhnlich. Sonst war er immer super-zuverlässig. Ich weiß gar nicht, was wir ohne ihn machen sollen. Der arme Umut ..."

"Wie lange war er weg?"

"Eine Stunde vielleicht? Dabei wollte er nur schnell unser Programmheft kopieren."

"Kopieren?"

"Ja, er konnte an der Uni kostenlos kopieren. Da ist er kurz rüber in sein Institut."

Mir wurde schwindelig. Striebel glaubte, einen Türken am Kopierer gehört zu haben. Die Regisseurin bestätigte, dass Umut die Proben verlassen hatte, um etwas zu kopieren. Hatte Umut Knettenbrech erschlagen?

"Wann genau war er zum Kopieren gegangen? Um wie viel Uhr?"

"Wissen Sie, ich verstehe Ihre Fragen nicht. Ich kann Ihnen nicht weiterhelfen, ich muss mich auf die Produktion konzentrieren."

"Wann haben Sie am Sonntag angefangen mit den Proben?"

"Wie immer, so gegen drei Uhr. Gegen fünf oder halb sechs ist Umut weg, aber wieso ist das wichtig für die Grabrede? Sagen Sie einfach, er war ein guter Kumpel, ein engagierter Schauspieler und absolut zuverlässig."

34

EINE SCHICKE BLONDINE

SCHLAGNACH WUSELTE GESCHÄFTIG in der Bibliothek rum. Sie sortierte einen Stapel Bücher in die Regale. Als sie mich sah, schnalzte sie missbilligend mit der Zunge.

"Auch schon wach?"

Sie schaute demonstrativ auf ihre Uhr.

"Pünktlichkeit gehört auch zu den Eigenschaften einer guten Bibliothekarin."

Es war elf Uhr am Montagmorgen, mehr Pünktlichkeit konnte sie wirklich nicht erwarten. Ich murmelte etwas von Trauer und Betroffenheit.

Sofort lenkte Schlagnach ein. "Es ist ja alles so schrecklich." Sie zog die Nase hoch. Dann ordnete sie an: "Diese Bücher müssen einsortiert werden."

Sie zeigte auf einen Stapel auf einem der Tische.

"Striebel hat endlich die Bücher zurückgegeben, die er so lange gehortet hatte. Danke, dass du ihn ermahnt hast. Das hat offenbar gewirkt. Schau mal, diesen Band hatte er vor dreieinhalb Jahren ausgeliehen."

Sie wies mit ihrem rosa lackierten Zeigefinger auf einen Stempel im hinteren Umschlag des Buches.

Ich konnte mir vorstellen, warum sich Striebel auf einmal vorbildlich verhielt.

"Du kannst gleich hier weiter machen."

Sie knallte mir einen ganzen Turm Bücher auf den Tisch.

Ich tat so, als würde ich sie in eine sinnvolle Reihenfolge bringen, um sie in die entsprechenden Regale zu stellen.

"Wann ist denn eigentlich die Beerdigung von Umut?"

Schlagnach sagte, Umut sei bereits beerdigt, und zwar in Istanbul. Der Islam schreibe eine möglichst rasche Beerdigung vor. Umuts Körper sei bereits in der vergangenen Woche ausgeflogen worden. Ein auf islamische Bestattungen spezialisiertes Institut habe die Formalitäten geregelt. Umut habe in Deutschland keine Verwandten, seine Eltern und Schwestern lebten in Istanbul.

"Wir konnten nicht Abschied nehmen," sagte ich.

Wir versanken in Schweigen.

Die Tür ging auf. Eine schlanke, stark geschminkte Blondine trat ein. Die glatten Haare waren zu einem akkuraten Pagenschnitt frisiert. Sie trug Bluse und Rock, dazu Seidenstrumpfhosen. Über ihrer Schulter hing eine helle Ledertasche.

"Hallo Uli."

Ich erinnerte mich, dass Schlagnach eigentlich Uli Brand hieß.

"Marlene, schön, dich zu sehen." Schlagnach lächelte freundlich. "Warst lange nicht hier."

Diese Blondine war Marlene, die Freundin von dem unscheinbaren Clemens Wagner. Ich hatte sie hier gesehen an meinem ersten Tag als Bibliotheksassistentin. Vor sehr langer Zeit, wie mir schien.

"Ich wollte dieses Buch zurückbringen."

Marlene sprach mit einem leicht süddeutschen Einschlag. Sie holte einen schweren Band aus ihrer Tasche und wuchtete ihn auf Schlagnachs Schreibtisch.

Ich schielte auf den Titel. "Traditionelle Medizin der Schamanen turksprachiger ..." – mehr konnte ich nicht lesen, weil Schlagnach nach dem Buch griff.

"Hat es dir geholfen?"

"Na ja, die Schulmedizin will ja nichts mit traditionellem Heilwissen zu tun haben." Marlene seufzte. "Durch Clemens habe ich ein paar interessante Hinweise gefunden, aber mehr als ein Referat zu so einem Thema kann ich mir nicht leisten." Marlene lächelte. "Sonst bin ich bei den Herren Schulmedizinern als Hexe verschrien."

"Und sonst? Wann bekommen wir eine Einladung zur Hochzeit?" Schlagnach guckte gierig.

"Erst muss Clemens seine Diss fertig haben." Marlene seufzte. "Ich bin im Frühjahr fertig mit meinem Examen und dann sollte auch Clemens soweit sein. Aber jetzt, nach dem schrecklichen Ableben von Herrn Professor Knettenbrech ..." Sie unterbrach sich.

Schlagnach schniefte.

"Clemens wird sicher einen anderen Doktorvater finden," mischte ich mich ein.

Marlene zog die Stirn kraus. "Herr Professor Striebel könnte als Doktorvater einspringen. Aber es kann sein, dass er völlig andere Aspekte in den Vordergrund rücken möchte. Etwas, das mehr mit seinen eigenen Forschungsfeldern zu tun hat. Dann müsste Clemens weite Teile neu schreiben."

Marlene strich sich müde über die Stirn.

"Kann aber auch sein, dass Striebel alles durchwinkt, weil er sich keine zusätzliche Arbeit machen will. Clemens und ich haben schon nächtelang darüber diskutiert. Ich jedenfalls gehe nächstes Frühjahr nach München."

Marlene sprach mit bayerischem Akzent, jetzt konnte ich ihren Dialekt einordnen.

"Sobald mein Examen fertig ist, bin ich in München," bekräftigte sie. "Dann heiraten wir."

Schlagnach tippte in dem Bibliothekssystem herum. "Mayrhofen." Sie scannte die Bücher von Marlene ein. "Alles klar, du hast keine Außenstände."

"Du übernimmst die Praxis deines Vaters?" Die Bibliothekarin ließ nicht nach.

Die Blondine kramte in ihrer Handtasche. "Ich hoffe, bis dahin ist Clemens fertig. Ich geh auf jeden Fall nach München."

Sie zog ein teures Handy hervor, scrollte darauf herum. Dann steckte sie es wieder weg.

"Vielleicht kriegt Clemens ja das Stipendium des Landes Hessen. Verdient hätte er es. Wir warten täglich auf die Antwort."

Das Stipendium war doch Umut zugesprochen worden? Ich kniff meine Lippen zusammen, um nichts zu sagen.

Schlagnach guckte in eine Ecke.

"Ihr braucht mit der Hochzeit doch nicht zu warten, bis Clemens promoviert ist", sagte sie dann.

Offenbar wollte auch sie nicht die Überbringerin der schlechten Nachricht sein.

Oder würde das Stipendium neu vergeben, weil Umut verstorben war? Gab es eine Nachrückerliste, auf der Clemens ganz oben stand? Gespannt verfolgte ich weiter das Gespräch.

"Ich stell mir das schön vor, du ganz in weiß und Clemens im Anzug." Schlagnach geriet ins Schwärmen.

Marlene krauste die Stirn. "Ohne Promotion kein Job. Mal ehrlich: Wolltest du einen Mann, der von deinem Gehalt lebt? Ich könnte nie einen Mann heiraten, der von meinem Geld lebt. Das wäre doch, als ob ... als ob ich seine Liebe kaufen würde."

Üblicherweise machte es Frauen nichts aus, vom Geld ihrer Ehemänner zu leben. Umgekehrt war das natürlich eine völlig andere Angelegenheit, jedenfalls für Marlene.

Marlene Mayrhofen sah auf einmal nicht mehr so perfekt aus. Sie schien Tränen hinunter zu schlucken.

Schlagnach stand auf und ging um den Schreibtisch herum. Sie sprach leise auf Marlene ein. Ich verstand nur "Neuer Doktorvater ... alles wird gut."

Schließlich verabschiedete sich Marlene.

Schlagnach sagte: "Marlenes Vater ist der berühmte Prof. Dr. Mayrhofen, hast du vielleicht schon von gehört, und die Mutter ist Kinderpsychologin. Die haben eine riesige Villa in München."

"Hat Clemens ja Glück gehabt." Ich verstand immer noch nicht, wie sich das bleiche Büblein eine solche Schönheit angeln konnte, die noch dazu reich zu sein schien.

"Das wird eine Traumhochzeit," seufzte Schlagnach.

Als sie kurz darauf zur Toilette ging, aktivierte ich ihren

Bildschirm. Er zeigte noch die Angaben der Entleiherin: "Marlene Mayrhofen, Lerchesbergring 17, 60598 Frankfurt".

Hui. Der Lerchesberg war die teuerste Wohngegend Frankfurts.

35

EIN UNERWARTETER ANRUF

Auf dem Weg nach Hause klingelte mein Handy.

Ich legte eine Vollbremsung hin und zog das Rad an den Bürgersteig, fummelte das Handy aus meiner Tasche.

"Ja?"

"Kriminalhauptkommissar Mattuschewski. Guten Tag. Spreche ich mit Sandra Hardenberg?"

Meine Knie wurden weich.

"Ja."

Während ich überlegte, was die Polizei jetzt von mir wollte, fragte Mattuschewski umständlich nach meinem Befinden.

"Alles okay."

Er wollte es genauer wissen. Wie es meinem Kopf gehe, ob ich noch Schmerzen habe. Seine Stimme klang kühl, aber angenehm tief und ruhig.

"Sandra, ich darf doch Sandra sagen?"

"Man nennt mich Sandy."

"Sandy, ich wollte Ihnen übermitteln, dass Sie nicht mehr zu den Verdächtigen zählen im Fall Öztürk."

"Ich habe ein Alibi, das sagte ich doch schon."

"Das ist inzwischen bestätigt. Außerdem haben wir weitere Fortschritte gemacht."

"Haben Sie den Täter gefunden?"

"Das kann man so nicht sagen."

"Was dann?" Ich wurde ungeduldig. Gleichzeitig konnte ich es nicht fassen, dass mich dieser Bulle anrief, nur um mir mitzuteilen, ich sei entlastet.

"Wir wissen, dass es ein Mann war. Haben Sie nicht Zeitung gelesen?"

Der Bulle quasselte weiter in den Hörer. Er fragte umständlich, ob meine Verletzungen verheilt seien, ob ich beim Arzt gewesen sei.

Was ging ihn das an? Ich gab widerwillig Auskunft.

"Sandy, Sie können Mattu zu mir sagen. Alle nennen mich Mattu."

Der wurde geradezu vertraulich. Schließlich kam er zum Punkt.

"Sandy, es geht mich nichts an, aber eine Frage: Werden Sie den Beamten Weber anzeigen?"

Deshalb also redete er um den heißen Brei herum.

"Sie werden mich ganz bestimmt nicht davon abhalten."

Dann drückte ich den Anruf weg.

Ich würde auf keinen Fall vor Gericht ziehen, das war viel zu umständlich und brachte nichts.

Das musste Mattu aber nicht wissen. Sollte er doch schmoren.

Mein Handy fiepte. Der Anruf hatte ihm offenbar den Rest gegeben. Der Akku war nicht mehr der beste. Ich würde es zuhause aufladen.

36

RAUSSCHMISS

Wombels Irokese leuchtete wie frisch gestrichen. Er hatte ihn sorgfältig hochfrisiert. Dazu trug er ein frisches T-Shirt.

Jetzt stand er an der Kochplatte und briet Würstchen. Dass das Fett wild herumspritzte und die Kochecke einsaute, schien er nicht zu bemerken.

Ich hatte ihn seit Sonntag morgen nicht mehr gesehen. Keine Ahnung, wo er sich rumgetrieben hatte. Ich fasste kurz zusammen, was seither passiert war.

"Umut hatte kein Alibi. Er war im Institut."

"Er war nicht bei der Probe?" Wombel scharrte mit einer Gabel in der Pfanne und versuchte, die Würstchen zu wenden. Eines rutschte heraus und fiel auf den Boden. Sofort huschte Moni aus Wombels Hosenbein und machte sich darüber her.

"Er war bei der Theaterprobe, aber zwischendurch war

er mindestens eine Stunde weg, und zwar im Institut, um Kopien zu machen."

Wombel machte die Kochplatte aus. Er stellte einen Teller mit Würstchen auf den Tisch. Sie waren auf einer Seite angebrannt.

"Okay, er war's. Er ist von der Theaterprobe weg, hat den Prof erschlagen und hat dann weiter Theater gespielt", sagte Wombel triumphierend.

"Aber das Motiv? Warum sollte er seinen Doktorvater umbringen? Dadurch verzögerte sich sein Abschluss. Er wollte so schnell wie möglich fertig werden."

Ich dippte eines der schwarzen Würstchen in einen Klecks Senf.

"Was weiß ich", meinte Wombel und knackte zwei Bierdosen. Eine reichte er mir rüber. "Vielleicht war er scharf auf die Frau von dem Prof. Vielleicht hatte er einen Wutanfall. Hatte die Nase voll von der dauernden Krittelei. Hatte er nicht gesagt, der Prof sei ein penibles Arschloch?"

Der Geschmack nach Angebrannten haftete auf meiner Zunge. Ich spülte mit Bier nach.

"So was in der Art hat er gesagt. Aber keiner mag seine Chefs." Ich erinnerte mich, dass Schlagnach genau das bei der Beerdigung gesagt hatte. Vermutlich hatte sie recht. "Deshalb bringt man sie doch nicht um. Und wer hat Umut abgestochen?"

Anstelle einer Antwort hielt mir Wombel eine weitere Dose Bier hin.

Aber ich musste erstmal zur Toilette.

Fast wäre ich rückwärts wieder aus dem Bad gestolpert. Es sah aus, als sei ein Schwein geschlachtet worden. Die

Badewanne war voller roter Farbe. Jetzt wusste ich, wo Wombel seinen Irokesen frisch gefärbt hatte.

Ich drehte mich um, stürzte mich auf Wombel und schlug auf ihn ein.

Er hob schützend seine Hände.

"Spinnst du?"

"Hau ab!" Ich griff den Seesack und schmiss ihn in Richtung Wombel. "Lass dich hier nie mehr blicken!"

"Hast du ‘nen Knall?"

"Du pennst hier und als Dank versaust du mir mein Badezimmer?"

Wombel verteidigte sich nicht. Er raffte seine Klamotten zusammen, stopfte sie in den Seesack und haute ab.

Ich schmetterte die Tür hinter ihm zu.

Dann machte ich das Sixpack alleine leer.

37

ENTFÜHRT

Als das Klingeln des Telefons mich weckte, war es stockdunkel und mein Schädel schmerzte. Ich tastete nach dem Handy, das an einer Steckdose hing, um sich aufzuladen.

"Sandy. Hören Sie gut zu."

Eine seltsam hohe Stimme.

"Wer ist da?", nuschelte ich.

"Ihr Freund wurde entführt."

"Was?" Ich hatte die Worte gehört, aber nicht verstanden.

"Wir haben Ihren Freund. Den mit dem roten Irokesen. Und Sie haben etwas, das uns gehört."

"Wer sind Sie?"

"Sie wollen doch Ihren Freund lebendig wieder sehen?"

"Wo ist Wombel?"

"Sandy, Sie bringen uns, was wir verloren haben – Gewisse Papiere. Die Papiere von dem Türken!" Ein Lachen. Die Stimme klang falsch, als sei sie verstellt. "In einer halben Stunde in der Milchsackfabrik, Gutleutstraße."

Aufgelegt.

Automatisch schrieb ich "Milchsackfabrik, Gutleut" auf den Notizblock neben meinem Bett.

Wombel entführt? Er würde seine Entführer nicht glücklich machen, außer, er schaffte regelmäßig Bier heran. Und wer sollte Wombel auslösen?

Ich zum Beispiel. Ich hatte ihn eben aus der Wohnung rausgeschmissen und prompt war er entführt worden. Es war meine Aufgabe, ihn zurückzuholen.

38

DIE ALTE FABRIK

Sollte ich Freya anrufen? Irgendwie war es schwierig zu erklären, was los war. Wombel sollte entführt sein, das war an sich schon ein Witz. Andererseits wollte der Entführer die Papiere von Umut. Ich hatte doch geahnt, dass sie wichtig waren. Ich wählte Freyas Nummer, aber es meldete sich niemand. Kein Wunder, es war mitten in der Nacht. Sie hatte sicher ihr Handy abgestellt.

Wenn ich den Entführer treffen wollte, musste ich sofort los. Die Milchsackfabrik, ein ehemaliges Farbenunternehmen, lag in der Gutleutstraße, ziemlich weit außerhalb.

Umuts Papiere waren im Büro sicher untergebracht. Außerdem hatte ich sie ja abfotografiert.

Suchend blickte ich mich um. Da sah ich Umuts Sporttasche. Ich schnappte sie mir. In einer Ecke fand ich ein paar alte Flugblätter. Die stopfte ich in einen Umschlag. Ich legte ihn ins Geheimfach von Umuts Tasche.

Eine Waffe wäre gut. Ich warf mein Taschenmesser in die Sporttasche.

Die Gutleutstraße war lang, dunkel und verlassen. Lagerhallen und alte Fabriken reihten sich aneinander.

Ein kühler Wind zwängte sich zwischen den Gebäuden durch.

Ich radelte an endlosen Mauern und Zäunen von Industrieanlagen vorbei, holperte über die Schienen einer Gewerbebahn und durchquerte eine finstere Unterführung.

Die Milchsackfabrik bestand aus gelben Backsteingebäuden, die ihre besten Tage hinter sich hatten. An der Front stand in altertümlicher Schrift "Dr. Carl Milchsack, Druckfarben". Das Farbenunternehmen war längst eingegangen. Künstler, Musiker und Flohmarkthändler hatten Räume gemietet, um Ateliers und Lager einzurichten.

Wo wartete der Entführer auf mich?

Die Frage war überflüssig.

Am Eingang hing ein Stück Papier, mit Edding beschrieben und einem Klebestreifen befestigt. "Sandy, Gebäude D."

Hastig schloss ich das Rad an einem Gitter neben dem Eingang an und tastete mich über das Kopfsteinpflaster des Hofes. Das Licht der Straßenlaternen reichte nicht bis hierhin.

Großen Buchstaben kennzeichneten die Gebäude. "D" lag ganz hinten, neben einem Parkplatz mit Gebrauchtwagen eines Autohändlers.

Schilder neben der Tür zeigten, dass hier eine Informatikfirma, eine Schneiderei für Brautkleider und ein Installationskünstler hausten. Die Klingelschilder waren mehrfach überklebt, einige fehlten ganz. Aus einer Klingel hingen lose Drähte.

Daneben klebte ein weiterer Zettel, der genauso aussah wie der an der Tür. "2. Stock rechts". War das eine Schnitzeljagd?

Das schwere Stahltor des Gebäudes stand halb offen. Ich drückte die Tür etwas weiter auf, sie quietschte.

Ich horchte. Stille.

Ich ertastete einen Lichtschalter, doch als ich ihn drückte, tat sich nichts. Wahrscheinlich die Birne durchgebrannt.

Ich zog meinen Schlüsselbund aus der Tasche, an dem eine kleine Stablampe hing. Sie gab Licht, doch nur schwach. Ich müsste mal die Batterie austauschen.

Mein Handy hatte natürlich eine Taschenlampe, aber jetzt fiel mir ein, dass ich es in der Eile zuhause an der Steckdose hängen gelassen hatte.

Ich tastete mich die Betonstufen des Treppenhauses hoch.

Waren da Schritte? Ich horchte wieder.

Ein Scharren?

Mit der Mini-Stablampe leuchtete ich hinter mich. Eine huschende Bewegung. Eine Maus.

Ich zwang meinen Atem, ruhiger zu werden.

Oder war es die Ratte gewesen? War sie heimlich von seiner Jacke in meine umgezogen? Das hätte ich doch wohl bemerkt.

Beim Gedanken an Wombel stiegen mir Tränen in die Augen. Wo steckte er? Ob sie ihm weh getan hatten? Waren es überhaupt mehrere Entführer? Die Stimme hatte von "uns" gesprochen - wer sollte das sein? Die sizilianische Mafia? Die interessierte sich doch nicht für Umuts Papiere.

Ich atmete durch, zog Umuts Tasche fester über meine Schulter und ging weiter.

Im zweiten Stock war die Stahltür zum Flur mit einem Keil blockiert, so dass sie offenstand.

Offensichtlich waren die Flure durch Feuertüren abgetrennt, wie sich das für eine Fabrik gehörte, in der mit entzündlichen Stoffen gearbeitet wurde.

Durch den dunklen Flur tappte ich auf einen hellen Schein zu, der aus einer Tür fiel.

Ich betrat den Raum und blinzelte gegen das Licht einer nackten Glühbirne, die von der Decke baumelte.

Hinter mir hörte ich Schritte.

Ich fuhr herum.

Dann krachte etwas auf meinen Hinterkopf.

39

RAUCH

ICH HATTE einen ekligen Blech-Geschmack im Mund. Mein Kopf dröhnte.

Ich richtete mich auf.

Der Raum drehte sich.

Mir wurde übel. Ich würgte.

Der Raum drehte sich schneller.

Mein Atem ging wie ein Blasebalg. Ich konzentrierte mich darauf, langsam auszuatmen.

Nach und nach beruhigte sich mein Atem. Auch mein Magen probte nicht mehr den Aufstand.

Ich betastete vorsichtig meinen Hinterkopf. Es tat höllisch weh. Eine dicke Beule war zu spüren.

Ich schaute auf meine Finger. Kein Blut.

Ich zählte bis zehn und atmete noch einmal tief durch. Dann schob ich mich näher an die Wand und richtete mich langsam auf, den Rücken gegen die Wand gepresst. Mir wurde schwindelig, aber ich schaffte es aufzustehen.

Ich setzte langsam einen Fuß vor den anderen und ging zur Tür. Drückte die Klinke runter.

Abgeschlossen.

Die Tür schien solide. Der Schlitz zwischen Tür und Rahmen war zu eng, um auch nur ein Taschenmesser reinzuschieben. Wo war mein Taschenmesser? Ich hatte es in Umuts Sporttasche gesteckt.

Ich sah mich um. Keine Tasche.

Der Raum war leer bis auf ein paar Umzugskartons in einer Ecke.

Wie lange war ich bewusstlos gewesen? Offenbar lang genug, dass man mir die Tasche wegnehmen konnte.

War Wombel wirklich entführt worden? Mir dämmerte, dass das nur ein Köder gewesen war, um mich hierherzulocken.

Um Wombel konnte ich mir Gedanken machen, wenn ich hier rauskam. Wahrscheinlich würde ich hier bis morgen schmoren, wenn die ersten Mieter kamen. Falls hier überhaupt jemand arbeitete.

Verzweifelt rüttelte ich an der Tür. Der einzige Erfolg war, dass mein Kopf noch stärker schmerzte.

Vor der Tür tat sich was. Ich hörte Schritte.

"Wer ist da? Hallo, hört mich jemand?"

Keine Antwort.

"Hilfe! Hilfe!"

"Du Schlampe, hast du überlebt?"

Ein Schleifen, als würden dicke Pakete über den Flur gezerrt.

"Ich mach dich fertig!"

Auf einmal roch ich etwas Seltsames. Etwas Süßliches. Der Geruch erinnerte mich an meinen letzten Zelturlaub.

Dort hatten wir abends auf einem Campuskocher gekocht. Es roch nach Spiritus!

Vor der Tür gab es einen Knall, dann ein zischendes Geräusch. Schnelle Schritte entfernten sich, hallten im leeren Flur.

Auf einmal veränderte sich der Geruch. Es roch nach Rauch.

Feuer! Wie lange würde die Stahltür den Flammen standhalten? Waren die schweren Türen nicht dazu gemacht, Bränden zu widerstehen?

Noch bevor ich weiterdenken konnte, quoll Rauch unter der Tür durch. Eine Menge Rauch. Ich musste husten.

Panik durchflutete mich.

40

DER SPRUNG

ICH STÜRZTE ZUM FENSTER. Der Griff ließ sich drehen, aber das Fenster nicht öffnen. Vermutlich war es jahrelang nicht geöffnet worden.

Hektisch rüttelte ich am Griff. Mit einem Ruck ging das Fenster auf. Ich stolperte nach hinten.

Fing mich und trat wieder ans Fenster. Blickte herunter.

Ein Sprung würde mir die Beine brechen.

Mir wurde schon wieder übel.

Dies war nicht der zweite Stock einer billigen Sozialwohnung, sondern der zweite Stock eines soliden Fabrikgebäudes der Jahrhundertwende. Die Entfernung bis zum Boden maß mindestens sechs Meter.

Mein Herz raste.

Panisch blickte ich mich um.

Weißer Rauch quoll unter der Tür herein. Es schien immer mehr zu werden.

Mein unbekannter Feind musste große Mengen Material vor der Tür gestapelt und angezündet haben.

Selbst wenn der Brand selbst nicht ins Zimmer vordringen sollte, würde ich ersticken. Obwohl ich am offenen Fenster stand, kroch mir bereits beißender Rauch in die Kehle. Ich hustete.

Auf einmal drehte sich der Raum wieder. Ich taumelte zur Wand. Dabei stolperte ich über einen der Kartons.

Ich hustete wieder.

Ich riss den Karton auf. Bücher, nichts als Bücher. Vielleicht das Lager eines der Händler, die an der Uni Stände mit antiquarischen Werken hatten.

Ich versuchte, den Karton auszukippen. Er war höllenschwer.

Ich musste wieder husten. Der Rauch kratzte im Rachen und biss in der Nase.

Der Schwindel wurde stärker.

Immer mehr Rauch quoll in den Raum.

Mir blieb keine Zeit. Ich griff stapelweise Bücher aus dem Karton und schmiss sie in die Ecke. Schließlich war der Karton halb leer und ich konnte die restlichen Romane auskippen.

Ich faltete ihn wieder zu und ließ ihn aus dem Fenster fallen.

Er sprang einmal auf und blieb seitlich vom Fenster liegen.

Verdammt.

Aber es gab keine andere Möglichkeit. Ich kämpfte mich durch weißen Rauch und versuchte, so flach wie möglich zu atmen. Hustend und würgend räumte ich einen zweiten und einen dritten Karton aus.

Ich schmiss sie raus.
Allein das kostete mich eine enorme Anstrengung.
Wenigstens blieben sie unter dem Fenster liegen.
Ich keuchte.
Dann zog ich mich auf das Fensterbrett.
Lieber gebrochene Beine als erstickt.
Ich stieß mich ab und sprang.

41

EIN GUTER FREUND

ICH LANDETE mit einem dumpfen Ton auf den Kartons. Sie gaben sofort unter mir nach. Ich donnerte auf den Boden.

Ein stechender Schmerz zuckte durch meinen rechten Fuß.

Ich holte keuchend Luft.

Die kühle Nachtluft fühlte sich süß an.

Ich sog sie in tiefen Zügen ein.

Das Brennen in der Kehle ließ ein wenig nach.

Ich musste weg hier. Wer auch immer mich niedergeschlagen und das Feuer gelegt hatte, würde sich davon überzeugen wollen, ob sein Plan aufgegangen war.

Mein Knöchel schmerzte wie verrückt. Mein Schädel pochte.

Ich rappelte mich hoch, doch als ich meinen rechten Fuß belastete, schrie ich unwillkürlich auf.

Ich biss in meine Hand, um den Ton zu unterdrücken.

Über mir quoll immer mehr Rauch aus dem Fenster.

Plötzlich hörte ich Schritte. Schwere Schritte.

Ich duckte mich hinter die Kartons.

Die Schritte kamen näher. Der Brandstifter kam, um mich umzubringen. Er musste meinen Sprung aus dem Fenster bemerkt haben.

Ich rollte mich mühsam auf die Seite. Ich musste mich verstecken, irgendwo im Dunkeln des Fabrikgeländes.

Mein Herz schlug wie wild. Warum hatte ich bloß mein Taschenmesser nicht dabei.

Das war in Umuts Sporttasche, und die hatte mir jemand abgenommen. Genau der, der mich abfackeln wollte und nun kam, um sein Werk zu vollenden.

Ich drückte meinen Rücken an die Hauswand, bereit, jedem an die Kehle zu springen, der mich angriff.

"Sandy? Bist du das?"

Das war nicht die helle Stimme des anonymen Anrufers, sondern eine tiefe und höchst bekannte Stimme.

Ein Gesicht tauchte über dem Rand der Kartons auf. Nie war ich so froh gewesen, einen Irokesen zu sehen.

"Wombel!"

Ich streckte ihm hilflos meine Arme entgegen.

"Ich kann nicht gehen. Knöchel verstaucht."

"Warte, ich rufe einen Krankenwagen."

Die Ratte blickte neugierig aus seiner Jacke. Im Dunkeln leuchtete ihr helles Fell.

"Wir müssen hier weg!"

"Was ist denn los?"

"Wombel, erklär ich dir später. Jemand wollte mich umbringen, und … ist zu kompliziert. Lass uns abhauen."

Wombel schaute mich an, dann die zertretenen Kartons.

Dann glitt sein Blick am Gebäude hoch und er sah das Fenster, aus dem Rauch in dicken Schwaden quoll.

"Bist du aus dem Fenster gesprungen?" Wombel maß die Entfernung mit den Augen. "Mönsch, was'n Glück, dass du dir nicht den Hals gebrochen hast."

Vor Aufregung hatte Wombel vergessen zu berlinern und sprach Hanseatisch.

"Die Kartons haben den Aufprall abgefedert."

Ich grinste schon wieder, erleichtert, nicht mehr allein zu sein.

"Ein bisschen wenigstens. Kannst Du mich stützen?"

Wombel zog mich hoch.

Ich legte einen Arm um seine Schultern und stützte mich auf ihn.

Wir bewegten uns in Richtung Straße.

Ich fühlte mich einigermaßen sicher. Wombels riesige Gestalt würde jeden Angreifer abschrecken.

Trotzdem dauerte es für meinen Geschmack viel zu lange, bis wir den Ausgang des Milchsackgeländes erreichten. Ich horchte immer wieder, ob uns jemand im Dunkeln folgte.

Schließlich erreichten wir mein Rad. Es schien sehr lange her zu sein, dass ich es hier angeschlossen hatte.

"Wo kommst du auf einmal her?" Schwer stützte ich mich am Sattel ab. "Hat dich jemand entführt?"

Wombel starrte mich entgeistert an. "Du hast eine Gehirnerschütterung. Du musst sofort ins Krankenhaus!"

"Quatsch. Nur der Knöchel ist verletzt. Ich glaube, ich kann noch nicht mal Fahrrad fahren."

"Wir brauchen ein Taxi."

Leichter gesagt als getan. Die Gutleutstraße lag da wie ausgestorben.

"Mein Handy liegt zuhause", bekannte ich.

"Mein Akku ist alle", antwortete Wombel. "Soll ich mit dem Rad Hilfe holen?"

"Lass mich nicht alleine, bitte." Es klang flehentlicher, als mir lieb war. "Der Typ wollte mich umbringen. Vielleicht ist der noch in der Nähe." Ich merkte, dass ich Wombels Arm umklammerte.

"Okay, wir halten ein Auto an."

Wir warteten eine geschlagene halbe Stunde. Kein einziges Auto kam vorbei.

Mein Knöchel schmerzte und schien anzuschwellen. Um mich abzulenken, fragte ich:

"Ich dachte, du wärst auf dem Weg nach Hamburg? Weil ich dich, äh, rausgeschmissen hab?"

"Wollte ich eigentlich. Dann habe ich deinen Schlüssel in meiner Tasche gefunden und wollte ihn zurückbringen." Wombel schaute mich treuherzig an. "Außerdem gab es keine Mitfahrgelegenheit nach Hamburg." Er machte eine Pause, guckte auf seine Stiefel und murmelte: "Eigentlich ich wollte dich um Entschuldigung bitten. Hab dein Bad versaut, das war blöd." Er grinste unsicher.

Eine waschechte Entschuldigung? Dafür war er über seinen Schatten gesprungen.

"Geschenkt." Ich schlug ihm auf die Schulter, worauf ein greller Schmerz durch mein Hirn zuckte. "Hauptsache, du bist hergekommen."

"Ich habe den Zettel gelesen, den du geschrieben hast mit der Adresse von der Milchsackfabrik und Uhrzeit." Wombel strich mir zärtlich über die Haare. "Nach all dem, was passiert ist, kam es mir seltsam vor, dass du mitten in der Nacht alleine in die Milchsackfabrik fährst."

Ich erzählte ihm von dem Anruf und der angeblichen Entführung.

"Du wolltest mich retten?" Er war gerührt.

Wombel meinte, er habe sich beobachtet gefühlt, als er meine Wohnung verließ. "Da hat jemand gesehen, dass ich abgereist bin und hat so getan, als hätte er mich entführt."

Ein Wagen kam die Gutleutstraße runtergefahren. Die Scheinwerfer erfassten uns.

Ich streckte den Daumen raus.

Der Wagen verlangsamte, aber statt zu stoppen, beschleunigte er plötzlich wieder.

42

IM KRANKENHAUS

WOMBEL MUSTERTE mich von Kopf bis Fuß.

"So wie du aussiehst, würde ich auch nicht anhalten."

Ich grunzte nur. War ja kein Schönheitswettbewerb.

Wir warteten.

Ich blickte immer wieder zu der Milchsackfabrik, aber es war keine Bewegung zu bemerken. Dennoch spürte ich die Gefahr im Nacken. Ich roch immer noch Rauch, aber das konnte von meinen Kleidern kommen. Vom Brand in dem hinteren Gebäude war von hier aus nichts zu sehen.

Ein weiteres paar Scheinwerfer näherte sich.

Wombel trat mitten auf die Fahrbahn und breitete seine Arme aus.

Der Fahrer hielt den Wagen an und kurbelte die Scheibe runter.

"Faschingszoll? Dafür ist es ein bisschen spät im Jahr!" Ein Türke mit einem riesigen Schnurrbart guckte uns finster an.

"Sie hat sich verletzt, wir brauchen einen Arzt." Wombel zeigte auf mein Bein.

Der Knöchel war jetzt etwa so dick wie Wombels Bizeps und färbte sich blauschwarz.

Der Türke guckte entsetzt.

"Steigt ein."

Er griff hinter sich und öffnete die Tür zur Rückbank.

Wombel stützte mich, während ich ins Auto krabbelte. Dann setzte er sich neben mich.

"Da vorne an der Galluswarte ist eine Notaufnahme, die haben immer offen. Auch nachts. Ich fahr euch dahin, ist ja nicht weit. Wie ist denn das passiert?", wollte der Fahrer wissen, während er den Wagen wendete. Er schaute Wombel streng an. "Man verprügelt seine Frau nicht, mein Sohn."

"Bin beim Staubwischen ausgerutscht," sagte ich.

Der Fahrer zog die Augenbrauen zusammen und blickte mich im Rückspiegel an. Er sagte nichts mehr und kachelte mit seinem BMW über die Gutleut, bis er die Eisenbahnunterführung am Gallus erreicht hatte. Er setzte uns genau vor der Notaufnahme ab.

"Nachts lieber nicht mehr Staubwischen, junge Frau," sagte er zum Abschied.

Während Wombel der Arzthelferin meine Daten aufsagte, humpelte ich zur Toilette.

Beim Blick in den Spiegel wurde mir klar, wieso der Türke so seltsam geguckt hatte.

Ich war über und über mit Staub verschmiert. Die Kartons hatten Kratzer in mein Gesicht gerissen. Verkrustetes Blut klebte an meiner Wange. Ich wusch mich, so gut es am Waschbecken ging.

Es war inzwischen etwa vier Uhr morgens. Das Wartezimmer der Notaufnahme war voll besetzt. Wir mussten länger als eine Stunde warten.

Der Arzt sparte sich einen Kommentar zu meinem Zustand. Er schob ein Röntgengerät über meinen Fuß.

Wenig später kehrte er mit einer Aufnahme zurück, die irgendwelche graue Schlieren zeigte. Er warf einen flüchtigen Blick darauf und behauptete, der Knöchel sei nicht gebrochen, nur schwer verstaucht. Er wickelte einen festen Verband um den Fuß und empfahl mir, das Bein hoch zu lagern.

"Anschließend gehen Sie in die Uniklinik und lassen ein MRT machen. Wegen der Kopfverletzung."

Ich nickte ergeben, hatte aber nicht vor, mich noch weiteren Untersuchungen auszusetzen.

Schließlich fragte er: "Kann ich Ihnen sonst noch helfen?"

"Danke".

Meine Probleme konnte kein Arzt lösen.

43

BRANDBESCHLEUNIGER

Mit zwei riesigen Blumensträußen unter dem Arm auf Krücken eine Treppe hochzusteigen, ist gar nicht so einfach. Ich mühte mich mit den drei Stufen vor unserer Bürotür ab, bis mir die Trine entgegenkam und die Tür aufhielt.

"Danke, Christel."

Ich wuchtete mich rein. Dann drückte ich der Trine den größeren der beiden Blumensträuße in den Arm und holte tief Luft.

"Bitte entschuldige, dass ich so ausgerastet bin. Ich, ähm, war einfach sauer."

Ich spürte, wie mir die Röte ins Gesicht stieg.

Aber wenn sich Wombel bei mir entschuldigte, weil er mein Bad mit roter Farbe versaut hatte, musste ich mir auch keinen abbrechen.

"Tut mir echt leid. Kommt nicht wieder vor."

Das Gesicht der Trine war hinter dem Blumenstrauß verschwunden.

Sie sagte nichts.

"Die Bluse ersetze ich natürlich."

Das Honorar von der Witwe Knettenbrech würde reichen für eine Markenbluse - und meinen nächsten Urlaub.

"Ist schon gut." Die Trine legte den Strauß auf ihren Empfangstisch. "Jede hat mal einen schlechten Tag."

"Es soll nicht wieder vorkommen."

"Freya hat mir erklärt, was los ist."

Hatte Freya bei der Trine um Verständnis für mich geworben? Dann war sie offenbar nicht so sauer auf mich, wie ich befürchtet hatte.

Es schien der Moment gekommen, das Thema anzusprechen, das mir unter den Nägeln brannte.

"Ich war wütend, weil jemand mein Büro auf den Kopf gestellt hat. Ich muss wissen, wer das war."

"Also", die Trine schluckte. "Wir haben ja meistens weibliche Klientinnen, nicht wahr?"

Freya hatte sich auf Familienrecht spezialisiert und vertrat fast nur Frauen.

Ich nickte.

"An dem Tag war ein Herr gekommen. Ich dachte mir, dass er zu Dir wollte. Darum habe ich ihn gleich hochgeschickt."

"Du hättest nach seinem Namen fragen sollen, wie bei Freyas Klientinnen auch. Und mich anrufen, um mir Bescheid zu sagen. Das gehört zu Deinen Aufgaben."

Ich bezahlte sie zwar nicht, aber es war vereinbart, dass sie am Empfang auch meine Kunden begrüßte.

Die Trine vermied es, mir in die Augen zu schauen. Sie war tatsächlich rot angelaufen.

"Wie sah denn der Typ, ich meine, dieser Herr, aus?"

"Ich weiß nicht mehr, ich glaube, eher jung. Ich sehe hier so viele Menschen täglich."

Klar, aber keine Männer, wie sie eben selbst gesagt hatte.

"Wie jung? Eher groß oder klein, dick oder dünn?"

"Eher dünn. Mittelgroß. So Anfang 20. Oder auch Anfang 30. Schwer zu sagen."

"Und sonst?"

"Ich habe nicht so genau hingeschaut. An dem Tag klingelte dauernd das Telefon."

"Mach die Augen zu und versuch, dir den Moment vorzustellen." Was bei Striebel geklappt hatte, würde vielleicht auch bei der Trine funktionieren.

Sie schloss die Augen und legte ihre Hand darüber. Nach einem Moment machte sie die Augen wieder auf. Sie vermied es immer noch, mich anzugucken.

"Und?"

"Also, ich will's nicht beschwören. Ich glaube, er trug eine Jeans und ein kariertes Hemd und er war irgendwie unscheinbar. Helle Haare, helles Gesicht, bleich irgendwie."

Bleich? Es machte bei mir klick.

Die Trine schaute mich verlegen an. "Aber wie gesagt, das ist jetzt nur so ein Eindruck."

Bleich, dünn und eher jung? Automatisch hatte ich das Gesicht von Clemens Wagner vor Augen.

Ich wollte zu Freya ins Büro gehen, doch die Trine verkündete, dass Freya bei Gericht sei und erst nachmittags reinkäme. Ich gab Christel auch den zweiten Blumenstrauß mit Grüßen an Freya.

Ich humpelte die Treppe zu meinem Büro hoch, was bei den zwei Stockwerken Altbau einige Zeit dauerte.

Oben sank ich keuchend in meinen Drehstuhl.

Ich zog die Schublade des Schreibtisches auf und holte die Klarsichthülle mit den Papieren hervor.

Mein Bein mit dem verstauchten Knöchel lagerte ich auf dem Schreibtisch. Recht bequem, die Haltung würde ich mir merken.

Die Papiere mussten wichtig sein. Ich las die sechs Seiten Satz für Satz durch und verstand nicht die Bohne.

Nach drei Seiten wiederholte sich der Inhalt mehr oder weniger. Es handelte sich um Kopien, keine Originale. Mehr konnte ich den Seiten nicht entnehmen.

Ich brauchte Hilfe. Vielleicht würde sich Striebel herablassen, mir das zu erklären?

Wombel wollte heute diese Natascha aufsuchen, um zu hören, ob ihre Version des Geschehens Striebels Erklärungen stützte. Wombel hatte großspurig angekündigt, mich bei meinen Recherchen zu helfen und nicht von meiner Seite zu weichen, bis die Morde aufgeklärt waren.

Ich nahm Umuts Papiere mit und schleppte mich wieder die Treppe runter.

Am Empfang griff ich mir die Tageszeitung und bat die Trine, ein Taxi zu rufen. Die Spesenrechnung für die Witwe wurde immer länger.

Die Zeitung meldete einen Brand, allerdings versteckt in einer Spalte mit den Polizeimeldungen: "Gutleut. Gestern Nacht führte ein Schwelbrand in der ehemaligen Milchsackfabrik zu Sachschaden in geringer Höhe. Personen kamen nicht zu Schaden. Es wurde Brandbeschleuniger gefunden. Die Polizei geht von einem Streich Jugendlicher aus. Sachdienliche Hinweise bitte an ..." Das war alles.

Auf einmal wurde mir heiß. Diese Nachricht brachte mich in Lebensgefahr. Der Mörder würde erfahren, dass ich seinem Anschlag entkommen war.

Falls er nicht ohnehin meinen Sprung aus dem Fenster beobachtet hatte. Aber hätte er mich dann nicht an Ort und Stelle kalt gemacht? Hatte Wombels Erscheinen einen zweiten Angriff verhindert?

Umso dringender war es, dem Inhalt von Umuts Papieren auf den Grund zu gehen.

Aus irgendeinem Grund war der Mörder hinter ihnen her. Er wollte mich aus dem Weg räumen aus Angst, dass ich zu viel wusste.

Für meinen Geschmack wusste ich allerdings viel zu wenig.

Draußen hupte es. Ich blickte aus dem Fenster: Mein Taxi. Ich humpelte hinaus.

"Zum Turkologischen Institut, Dantestraße, bitte."

44

VERSCHWUNDEN

SCHLAGNACH BEGRÜẞTE mich wie eine altgediente Mitarbeiterin, nicht wie eine unfähige Hilfskraft.

Dann bemerkte sie meinen Verband und die Krücken.

"Du meine Güte, was ist dir denn passiert?"

"Bin ausgerutscht. Knöchel verstaucht."

Beflissen rückte Schlagnach einen Stuhl heran und platzierte ihn neben ihrem Schreibtisch. Sie schob den kleinen Plastikhocker daneben, der dazu diente, Bücher in den oberen Regalreihen zu erreichen.

"Leg das Bein hoch. Tut weh, oder? Ich weiß, wie das ist, hatte mir auch mal den Knöchel verstaucht, damals, bei dieser Exkursion mit Huber im Kaukasus ..."

Ich hörte nur mit einem Ohr zu.

Ich musste unbedingt Striebel treffen, er könnte mir vielleicht helfen, die Papiere aus Umuts Schließfach zu entschlüsseln.

Da ging die Tür auf und eine Gruppe Studenten kam

herein. Sie sahen sich irgendwie ähnlich: Jeans und Shirts, bunte Rucksäcke lässig über die Schulter geworfen. Ein junger Mann mit Ziegenbart schimpfte: "Was ist das für ein Saftladen? Wo sind die Profs?"

"Wen suchen Sie bitte?", fragte Schlagnach freundlich.

Sofort mäßigte auch der Ziegenbart seinen Ton. "Professor Striebel hat Sprechstunde, aber sein Büro ist verschlossen."

"Herr Professor Striebel ist auf einem Symposium. Er wird heute keine Sprechstunde halten", sagte Schlagnach in ihrem freundlichsten Tonfall.

Die Studenten murrten laut.

"Kann ich sonst noch etwas für Sie tun?"

"Hätte man ja wenigstens einen Zettel aufhängen können! So ein Symposium fällt ja nicht vom Himmel", maulte der mit dem Ziegenbart. Dann zogen die Studenten ab und ließen die Tür krachend hinter sich zufallen.

"Bin ich die Auskunft?", klagte Schlagnach. "Seit Knettenbrech nicht mehr da ist, geht es hier drunter und drüber. Was glaubst du, wie viele Studenten ich schon vertrösten musste. Und die Polizei."

Sie schnaubte.

"Die Polizei?"

"Ja, die wollten alle männlichen Mitarbeiter sprechen, also die Profs und Wagner. Aber vergeblich."

"Wieso?"

Sie hob für jede Person einen Finger ihrer linken Hand: "Striebel auf Symposium, Huber auf Exkursion, Knettenbrechs Sekretärin in Bildungsurlaub, Wagner nicht da." Sie machte eine Pause. "Knettenbrech und Umut - tot."

Sie schluckte.

Ich tätschelte unbeholfen ihren Oberarm.

"Ich meine, was wollte die Polizei von denen?"

"Speichelproben nehmen. Kannst du dir das vorstellen? Und nur von den Männern. Von mir wollten sie keine."

Schlagnach schien enttäuscht, dass ihre Spucke nicht gefragt war.

Ich tätschelte wieder.

"Und Wagner? Der ist auch nicht da?"

Schlagnach sah mich über den Rand ihrer Brille hin an. "Der Doktorand", sagte sie in strengem Ton, "sollte heute Vormittag ein Tutorium für die Erstsemester halten, aber er ist nicht erschienen."

Sie griff nach einem Bleistift, der unvorsichtig aus der Reihe getanzt war, und stieß ihn mit der Spitze auf die Schreibunterlage.

"Ohne abzusagen. Was sollen die Erstsemester denken, wenn sich niemand an die Termine hält? Außerdem hat er sein Meerschweinchen nicht versorgt. Ich muss es füttern. Das ist noch nie passiert. In meiner ganzen Zeit am Institut nicht! Wenn das jetzt einreißt … Ich bin doch keine Tierpflegerin."

Bevor sie weiter lamentieren konnte, unterbrach ich: "Du bist schon lange am Institut, oder?"

"22 Jahre und acht Monate. Es macht immer noch Spaß. Normalerweise natürlich." Schlagnach schniefte schon wieder.

"Also kennst du dich in der Turkologie gut aus?"

"Was glaubst du, wieso mich alle Schlagnach nennen? Ich kann den Studenten immer sagen, wo sie was finden. Obwohl ich nicht studiert habe." Sie setzte sich sehr aufrecht hin und streckte die Brust vor.

"Ich suche eine Information."

Schlagnach guckte mich an. Dann piekste sie den Bleistift entschlossen in die Schreibunterlage und holte tief Luft.

"Sandy, du bist gar keine Studentin. Bist du bei der Polizei?" Sie wurde rot im Gesicht und atmete schneller. "Eine verdeckte Ermittlerin?"

Die Gute war nicht dumm.

"So ähnlich, ich bin Privatdetektivin."

"Das ist aber ein eigenartiger Beruf für eine junge Frau."

"Ich versuche, den Mord an Knettenbrech aufzuklären. Und natürlich auch den an Umut."

"Oh!" Schlagnach blickte mich ehrfürchtig an.

"Darum habe ich eine Frage." Ich zog die Papiere raus, die Umut im Schließfach versteckt hatte.

"Vielleicht kannst du mir das erklären. Ich werde nicht schlau draus."

Schlagnach griff nach den Seiten und begann zu lesen. Es dauerte.

Mir wurde die Zeit lang. Ich griff nach den Krücken und humpelte aufs Klo.

Als ich wiederkam, hatte Schlagnach die sechs Seiten gründlich durchgearbeitet.

"Was ist das? Was denkst du?"

Schlagnach drehte den Bleistift in ihren Fingern.

"Das ist eine Abhandlung über die Stellung des Verbs in der Schorischen Sprache."

"Und?" So schlau war ich auch.

"Die schorische Sprache ist eine der am stärksten vom Aussterben bedrohten Sprachen Südsibiriens. Sie gehört zum Jenissejtürkischen ..."

Schlagnach brach ab, als sie merkte, dass ich sie verständnislos anstarrte.

"Dies ist eines der Fachgebiete ... war eines der Fachgebiete von Knettenbrech." Sie stockte, dann sprach sie schnell weiter. "Er hat immer wieder Doktoranden über das Schorische arbeiten lassen. Jetzt sitzt Clemens Wagner mit seiner Dissertation an diesem Thema."

Schlagnach legte den Bleistift genau parallel zur Schreibtischkante ab.

"Ich würde sagen, dies ist ein Teil der Diss von Clemens. Aber beschwören kann ich's nicht. Ich kenne seine Arbeit natürlich nicht."

Sie beugte sich vor.

"Die Inhalte der Diss werden streng geheim gehalten. Nur der Doktorvater kennt sie. Die Konkurrenz ist groß, und wenn jemand anders mit ähnlichen Ergebnissen schneller rauskommt, ist die ganze Diss nichts mehr wert. Dann hat der Doktorand jahrelang umsonst gearbeitet." Sie setzte hinzu: "Aber das kommt sehr selten vor."

Aber wieso sollte Umut die Ergebnisse von Clemens Wagner wegsperren? Das machte doch keinen Sinn.

"Noch eine Frage: Ich verstehe nicht ist, wieso sich der Text wiederholt. Mir schien, dass alles zwei Mal dasteht."

"Das ist mir auch aufgefallen. Vielleicht war Clemens mit der ersten Fassung nicht zufrieden und hat eine zweite geschrieben? Auch die Schrifttype ändert sich."

Schlagnach griff noch einmal nach den Papieren und legte je drei Seiten nebeneinander.

"Schau mal. Hier diese Schrift sieht anders aus als diese. Hat Clemens mitten in der Arbeit die Formatierung geändert?"

Ich starrte auf die Papiere. Es war mir nicht aufgefallen, aber ein Teil der Seiten war in einer anderen Schrift gedruckt, enger und fetter.

Schlagnach krauste die Stirn.

"Seltsam."

Sie stand auf, legte die Seiten wieder zusammen und gab sie mir.

"Die Doktoranden stehen total unter Druck, die drehen echt ab. Manchmal muss ich sie hier regelrecht wieder aufbauen. Knettenbrech war mit seiner Kritik nicht zimperlich."

Ich erinnerte mich, wie er Huber angeschrien hatte. Wenn er seinen Kollegen so anbrüllte, wie ging er dann mit Doktoranden um?

"Könnte sein, dass Clemens die gesamte Arbeit in einer anderen Schrift formatiert hat. Vielleicht wollte er Seiten schinden? Die Arbeit länger wirken lassen? Die kommen auf alle möglichen Ideen, die Doktoranden."

Schlagnach hielt inne.

"Hier kriegt man ne Menge zu sehen, das sag ich dir. Das macht meinen Job so spannend."

Ich überlegte. "Wer könnte mir mehr über diese Arbeit sagen?" Ich tippte auf die Papiere.

"Knettenbrech ist tot. Striebel ist der zweite Gutachter für die Arbeit. Er kommt Montag wieder."

"Gibt es keine anderen Turkologen, die ich fragen könnte?"

"In den letzten Jahren wurden viele Institute geschlossen. Wir haben überlebt, wahrscheinlich haben wir das Professor Knettenbrech und seinem internationalen Renomee zu verdanken. Er hat immer unheimlich Wirbel gemacht, wenn Sparmaßnahmen drohten. Keiner wollte sich mit ihm anlegen."

Sie hob zu einer längeren Rede an, aber ich unterbrach sie. "Vielleicht kann mir das Clemens selbst erklären?"

"In den letzten Tagen habe ich ihn nicht gesehen. Darum muss ich ja sein Meerschweinchen füttern, obwohl das nun wirklich nicht zu den Aufgaben einer ausgebildeten Bibliothekarin gehört."

"Vielleicht ist er krank", sagte ich, obwohl ich ahnte, dass das nicht stimmte.

"Dann hätte er angerufen."

Ich brummte irgendwas. Dann verabschiedete ich mich höflich. Sagte, ich fühle mich nicht in der Lage zu arbeiten, weil mein Knöchel so schmerze.

Schlagnach gab mir noch allerhand Mahnungen mit auf den Weg, wie ich den Fuß am besten behandeln sollte.

Clemens Wagner war verschwunden. Je mehr ich darüber nachdachte, desto mehr Sorgen machte mir das.

Ich rief ein Taxi. Während ich vor der Tür wartete, rief ich Wombel an.

Er meldete sich mit den Worten: "Gedankenübertragung, gerade wollte ich dich anrufen. Ich weiß jetzt, wer der Mörder ist."

"Clemens Wagner", sagten wir wie aus einem Mund.

45

VERSETZT

Aus dem Taxi heraus rief ich Marlene an und stellte mich als Mitarbeiterin der Institutsbibliothek vor.

Marlene nuschelte eine unklare Antwort. Ihre Stimme klang belegt. Ob sie erkältet war?

Ich bat darum, kurz vorbei kommen zu können, und erwähnte den Namen Clemens.

Marlene schnaufte, sagte dann: "Ja, ja, kommen Sie vorbei, kommen Sie ruhig immer vorbei."

Der Anruf brach ab.

Ihre Stimme hatte seltsam geklungen. Ob Clemens sie bedrohte? Ihr ein Messer an den Hals hielt, während sie sprach?

Ich bat den Fahrer, Gas zu geben. Das ließ er sich nicht zweimal sagen. Er heizte, wo er konnte, doch die Stadt war wie immer verstopft. Rund um den Bahnhof ging es nur im Schritttempo voran.

Jedenfalls war ich passend angezogen für den Besuch

einer Villa auf dem Lerchesberg. Meine Klamotten von gestern Nacht hatten so stark nach Rauch gestunken, dass ich sie entsorgt hatte.

Ich trug eine frisch gewaschene Jeans und ein echtes Markenhemd. Von Umut. Auch eine Möglichkeit, das Andenken an einen lieben Menschen zu bewahren.

Schließlich hatte der Taxifahrer sich aus dem Gewühl der City befreit.

Oben am Lerchesbergring war die Welt noch in Ordnung. Die Häuser bekamen Gärten, die Gärten wurde größer und grüner, aus Häusern wurden Villen. Vögel zwitscherten. Hausfrauen schnibbelten an Blumenrabatten rum und Kinder in adretten Kleidern mit Schultaschen auf dem Rücken gingen zielstrebig nach Hause.

Die Nummer 17 war ein Prachtbau.

Am Gartentörchen standen zwei Namen, Hennich und Mayrhofen. Ich klingelte bei Mayrhofen. Marlene öffnete. Sie sah sich selbst nicht ähnlich.

Unter den Augen prangten dunkle Ringe. Ihr Haar war ungekämmt. Sie taumelte leicht und stützte sich an den Türrahmen.

"Da bissu ja. Immer rein, immer rein."

Marlene wurde nicht bedroht, sie war besoffen.

Ich zahlte das Taxi und humpelte mit meinen Krücken die Auffahrt hinauf.

Marlene wartete nicht auf mich, sondern verschwand ins Innere der Wohnung.

Ich folgte ihr.

Marlene Mayrhofen bewohnte eine Souterrainwohnung, die nach hinten durch ein Panoramafenster einen Blick auf ganz Frankfurt freigab.

In dem Zimmer standen auf einer Seite ein Schreibtisch und eine Stereoanlage vom Feinsten, auf der anderen Seite ein helles Ledersofa.

Marlene sackte auf das Sofa. Auf einem Glastischchen neben ihr stand eine Flasche Jägermeister, die bereits halb leer war.

"Sezzich doch!"

Marlene wies auf das Sofa und rülpste. Sie griff zur Flasche und kippte einen Schluck runter.

Ich entwand ihr vorsichtig die Flasche.

Sie protestierte, aber nicht ernsthaft.

In diesem Zustand war nichts mit ihr anzufangen. Ich breitete eine Wolldecke, die zerknüllt neben dem Sofa lag, über ihr aus.

Dann hinkte ich in die Küchenecke, die durch einen Tresen vom Zimmer abgetrennt war.

Sie war mit einer Menge Geräten ausgestattet. Den Wasserkocher immerhin erkannte ich als solchen. Ich setzte Wasser auf. Im Kühlschrank fand ich eine Zitrone. Während ich wartete, dass das Wasser kochte, presste ich die Zitrone in einen Becher aus. Dann schüttete ich mit kochendem Wasser auf und süßte mit Zucker.

Marlene hing schräg auf dem Sofa und hatte die Decke weggeschoben. Sie schluchzte leise vor sich hin.

Ich setzte mich neben sie und flößte ihr den heißen Zitronensaft ein.

Nachdem sie den halben Becher ausgetrunken hatte, stürzte Marlene ins Bad. Ich hörte sie würgen.

Das war der Sinn der Sache gewesen. Jetzt war sie wenigstens den Alkohol aus dem Magen los, der noch nicht ins Blut übergegangen war.

Ich lagerte mein schmerzendes Bein auf einen Stuhl und wartete.

Als Marlene zurückkam, taumelte sie, wirkte aber nicht mehr so verpeilt. Sie ließ sich neben mir aufs Sofa fallen.

Ich drückte ihr eine Flasche Wasser in die Hand.

Sie setzte ungeniert die Flasche an und trank. Dann rülpste sie wieder und machte Anstalten, sich hinzulegen.

Ich musste sie abhalten einzuschlafen. Vielleicht sollte ich einfach sagen: *Dein Freund ist ein Mörder!* Keine gute Eröffnung.

"Ich suche Clemens."

"Mja, der iss ned hier."

"Clemens ist nicht zu seinem Tutorium gekommen."

"Er ist nicht in Frankfurt", antwortete Marlene deutlicher, aber zerstreut.

"Wo denn?"

"Was geht'n dich das an?"

Marlene starrte mich feindselig an. Ihre Augen waren rot und geschwollen. Die Wimperntusche war zerflossen, so dass sie dunkle Schatten unter den Augen bildete. Ihr Make-up war stellenweise abgeblättert.

"Ich weiß auch nicht, wo er ist."

"Habt ihr euch gestritten?"

"Nein … Er hat mich versetzt. Wir wollten gestern Abend ins Kino gehen. Er hätte mich doch nur anrufen müssen, dass er nicht kommt. Einfach nur anrufen."

Sie blickte mich verzweifelt an.

"Das wäre normal, dass man absagt, wenn was dazwischenkommt."

Marlene trank die Wasserflasche in einem Zug leer.

Ich rappelte mich auf und durchsuchte die Küche. Sie

war nicht vorbereitet aufs Saufen. Der Kühlschrank war gefüllt mit lauter gesunden, kalorienreduzierten Lebensmitteln. Ich fand eingelegte Gurken, aber keine Sardellen. Ich fand Kopfschmerztabletten und löste eine davon auf. Außerdem verordnete ich Marlene Brot und Käse. Ich stellte alles auf ein Tablett und balancierte es zum Sofa.

Marlene hatte sich ausgestreckt und schien eingeschlafen.

Ich rüttelte an ihrer Schulter und drückte ihr ein Käsebrot in die Hand.

Zu meiner Erleichterung biss sie tatsächlich in das Brot. Bald würde sie wieder klar denken können. Ich musste den richtigen Moment abpassen, wenn sie nicht mehr betäubt und noch nicht ganz klar war.

"Hattet ihr Streit, Clemens und du?"

"Wir hatten nur eine … winzische … Diskussion."

"Worum ging es denn?"

"Um seine Diss. Die muss er endlich abschließen. Wir wollen doch nach München."

Sie blickte mich treuherzig an.

"Genau, nach München."

"Ich übernehme im Herbst die Praxis von meinem Vater. Dann muss Clemens auch fertig sein."

"Klar. Und?"

"Na, der Dings, der Knettel ... der Knetenbreck ..."

Marlenes Zunge wurde mit dem Wort nicht fertig.

"Also der Prof von Clemens, der is doch ... gestorben."

Sie starrte ins Leere.

"Jetzt braucht Clemens noch länger für seine Diss. Es geht einfach nicht weiter. Er braucht einen neuen Doktorvater."

"Du wirst langsam ungeduldig."

"Wir wollen doch nach München."

Irgendwie drehte sich das Gespräch im Kreis.

"Deswegen habt ihr gestritten?"

"Ich habe Druck gemacht, dass er sich beeilt, damit wir endlich heiraten können." Sie schluchzte auf. "Heiraten und nach München ziehen."

Immer dieses München.

"Ich habe ihm ganz klar gemacht, dass er sich ja nicht einbilden soll, dass ich auf ihn warte. Wenn er nicht fertig ist, such ich mir halt wen anders, in München."

Marlene brach in Tränen aus.

"Das war doch nicht so gemeint", stieß sie zwischen Schluchzern hervor. "Ich wollte nur, dass er endlich die Promotion abschließt."

Ich hievte mich wieder hoch, holte eine Rolle Küchenpapier und riss einzelne Tücher ab, die ich ihr gab.

"Und jetzt erreiche ich ihn nicht. Er meldet sich einfach nicht."

Es klingelte.

Marlene reagierte nicht.

Ich humpelte zur Tür und guckte durch das Flurfenster.

Draußen stand eine mir wohl bekannte Gestalt: Wombel. Auf seiner Schulter hockte Moni.

Im Flur erklärte ich ihm leise die Lage. Er schaltete sofort. "Du knackst sie und ich mach Kaffee", schlug er vor.

Marlene hatte sich etwas beruhigt, aber sie nahm Wombel kaum wahr, als er am Sofa vorbei in die Küchenecke ging.

"Also, er ist nicht ins Kino gekommen und jetzt ist er weg", fasste ich zusammen.

Neulich im Institut war Marlene mir wie die perfekte Frau vorgekommen, schlank, gutaussehend, reich noch dazu. In ihrem verheulten Zustand ähnelte sie einer Traumfrau überhaupt nicht mehr.

"Ich - liebe - ihn", Marlene schluchzte jedes Wort hinaus.

Wombel drückte jedem von uns einen Becher mit heißem Kaffee in die Hand.

Marlene stellte ihren Becher auf das Tischchen. Wischte mit dem Küchenpapier im Gesicht rum.

Das Make-up verschmierte mit der Wimperntusche.

Anklagend wies sie auf ihr Gesicht. "Siehst du das? Ich bin gebrandmarkt! Nur Clemens liebt mich, wie ich bin."

Ich starrte Marlene an. Dann sah ich, dass sich ein violettes Muttermal über ihre rechte Wange zog. Deshalb also trug sie immer so eine dicke Schicht Make-up!

Fast hätte ich gelacht, wenn die ganze Sache nicht so ernst gewesen wäre. Marlene Mayrhofen, reiche Erbin eines Arztes, selbst angehende Medizinerin, schön und intelligent, schämte sich wegen eines Muttermals.

"Clemens hat mich immer angehimmelt. Und er ist so zuverlässig. Ich meine, er war immer zuverlässig, bis gestern, als er mich versetzt hat."

Gestern hatte er mich in der Milchsackfabrik abfackeln wollen, da konnte er nicht mit Marlene ausgehen. Ich sagte aber: "Vielleicht hatte er kein Geld fürs Kino."

Marlene starrte mich an. Dann brach sie in ein erleichtertes Lachen aus.

"Das ist es! Er wollte sich nicht einladen lassen. Wieso ist mir das nicht eingefallen!"

"Kam das öfter vor? Ich meine, dass er kein Geld hatte?"

"Er dreht jeden Pfennig zweimal um. Das Stipendium

reicht gerade so aus. Jetzt ist es ausgelaufen. Er hat sich um ein Anschluss-Stipendium bemüht. Aber das ist wie ein Sechser im Lotto. Wenn er keine Förderung mehr kriegt ... Wie kommen wir dann nach München?"

Sie steigerte sich wieder in diese München-Kiste hinein.

"Wann hast du ihn zuletzt angerufen? Versuch es doch jetzt noch mal." Wenn Clemens der Täter war, hatte er gestern abend keine Zeit gehabt, ihre Anrufe entgegenzunehmen. Oder sein Handy auf stumm gestellt, um mich nicht zu warnen, als er hinter mir herschlich. Das Geräusch, das ich im Treppenhaus der alten Fabrik gehört hatte, war doch keine Maus gewesen, da war ich mir jetzt sicher. Ich redete weiter auf Marlene ein.

"Sicher vertragt ihr euch wieder."

"Meinst du?"

"Klar doch. Nach so langer Zeit wird er nicht alles hinschmeißen. Wie lange seid ihr jetzt zusammen?"

"Sechs Jahre", schniefte Marlene.

"Er schämt sich bestimmt, dass er dich versetzt hat."

Marlene nickte langsam.

Dann griff sie nach ihrem Handy.

Ich nickte Wombel aufmunternd zu. Wir waren der Lösung des Falls nahe.

Wombel bemerkte mein Zeichen nicht. Er schien in einen Tagtraum versunken.

Marlene schien Clemens erreicht zu haben. Sie sprach aufgeregt auf ihn ein.

Während Marlene telefonierte, zischte ich Wombel zu: "Was hat die Nutte gesagt, diese Natascha? Hat sie Striebels Alibi bestätigt?"

Wombel erwachte wie aus einem schönen Traum.

"Sie war in dem Institut und hat's Striebel besorgt. Als die beiden jemand auf dem Flur hörten, schickte Striebel Natascha weg. Bevor sie das Institut verlassen konnte, sah sie diesen Professor Knettenbrech. Es war ihr peinlich, weil er auch einer ihrer Kunden war. Sie hat sich an seinem Büro vorbeigeschlichen."

Wombel grinste.

"Natascha arbeitet in einem Edel-Puff im Kettenhofweg, gleich beim Institut um die Ecke. Es scheint, dass die Profs dort ein und aus gingen. Striebel hatte extra bezahlt, damit sie ihn im Institut besucht. Fand er wohl geil oder so."

"Das ist doch jetzt egal. Hat sie noch jemanden gesehen?"

"Sie drückte sich also an Knettenbrechs Büro vorbei. Der achtete nicht auf sie, weil er lautstark einen seiner Studenten zusammenfaltete. Rate, wen!"

"Clemens?", tippte ich.

"Jedenfalls stand da ein bleicher Jüngling. Das ist ja wohl dieser Clemens. Der Prof hat ihn angeschrien. Natascha schlich die Treppe runter. Unten an der Haustür ist sie noch jemandem begegnet. Der Beschreibung nach war das Umut. *Ein gutaussehender Türke mit Kuhaugen.* Dein ermordeter Lover, oder?"

War Wombel eifersüchtig? Nataschas Aussage machte Clemens jedenfalls noch verdächtiger. Je mehr ich über den Sonntag im Institut erfuhr, desto weniger verstand ich, was da los gewesen war.

Wombel beugte sich vor und flüsterte: "Die Spesen für Nataschas Aussage waren aber ganz schön hoch, ich hoffe, die Witwe macht da keinen Ärger."

"Wieso?"

In dem Moment kam Marlene wieder zur Tür rein. Sie

wirkte erleichtert. "Er ist in Gießen bei seiner Mutter. Ich bin ja so ein Huhn, dass ich nicht früher dort angerufen habe." Sie grinste mich verlegen an.

"Kommt er nach Frankfurt?"

Das war das Einzige, was mich interessierte.

Auch Wombel starrte sie gebannt an.

"Wir haben uns verabredet", sagte Marlene wie selbstverständlich.

"Wo denn? Wann denn?" Ich versuchte, mir die Anspannung nicht anmerken zu lassen.

"Im myZeil." Sie grinste plötzlich. Ihr Gesicht leuchtete auf. Sie war eine Schönheit trotz des riesigen Muttermals.

"Da ist ein tolles Café und man kann ganz Frankfurt sehen."

Ich nickte. Neulich erst hatte ich dort gefrühstückt und auf die Skyline geblickt.

Sie strich sich die Haare hinters Ohr und lächelte: "Dort haben wir uns zum ersten Mal geküsst."

46

AM HAUPTBAHNHOF

Wir bestellten ein Taxi, während Marlene im Bad verschwand.

Dann wählte ich die Nummer der Polizei und fragte nach diesem Mattuschewski.

Ich wurde durchgestellt.

"K11, Kriminalhauptkommissar Mattuschewski, was kann ich für Sie tun?"

"Mattu, es geht um diese Mordsache am Turkologischen Institut."

"Sandy!" Mattu klang erfreut, fast begeistert.

"Wir wissen jetzt, wer der Mörder ist. Es war ..."

"Clemens Wagner", unterbrach mich Mattu. "Aber er ist verschwunden."

"Er wird wieder auftauchen", weissagte ich ihm. "Und zwar ..."

Es klingelte an der Tür. Ein Blick aus dem Fenster: Das Taxi.

"Komm zum Bahnhof", rief ich ins Handy. "Wo der Zug aus Gießen ankommt."

Ich beendete das Gespräch abrupt.

Dann zerrte ich Marlene aus dem Bad, die wieder ihre alt bekannte Maske aufgetragen hatte, mit der sie ihr Muttermal versteckte. Marlene schwang sich auf den Beifahrersitz, ich krabbelte nach hinten neben Wombel.

"Zum Bahnhof, aber schnell."

Das Taxi schoss los.

Das war nun schon der zweite Taxifahrer, den ich heute durch die Stadt hetzte.

Marlene redete die ganze Zeit vor sich hin. "Es scheint ihm nicht gut zu gehen. Er ist mitten in der Nacht bei seiner Mutter aufgetaucht, die war ganz überrascht. Unser Streit hat ihm sehr zugesetzt. Er wirkte völlig durch den Wind."

Das lag vermutlich nicht an dem Streit mit Marlene.

Noch etwas anderes geisterte durch mein Hirn. Was hatte Wombel eben gesagt? Ich beugte mich zu ihm und flüsterte: "Was war das mit den Spesen für Natascha?"

Wombel schaute aus dem Fenster. Dann zischte er: "Nur 400 Euro. Für eine Professorenwitwe sind das doch Peanuts."

"Was? 400 Euro für ein Gespräch?"

Wombel näherte seinen Mund meinem Ohr und zischte: "Sie hat's mir besorgt, aber echt supergeile Extraklasse. Der Blowjob ist jeden Cent Geld wert gewesen."

Nicht zu fassen. Mein Kumpel besorgte es mir jeden Abend und bezahlte trotzdem noch eine Edelnutte. Mir kam ein übler Verdacht.

"Woher hast du so viel Geld?"

Wombel rutschte auf dem Sitz hin und her. "Aus dem

Kühlschrank." Er guckte mich treuherzig an. "Da waren Scheine im Eisfach. Ich hab nach Schnaps gesucht, weil das Bier alle war und ..."

Ich schnaubte.

Wombel lenkte ab: "Diese Typ, dieser Clemens, ist der gefährlich? Hat der eine Waffe?"

Gute Fragen. Ich hatte keine Antwort.

Die Anzeigetafel kündigte den Zug aus Gießen für 18.34 Uhr auf Gleis 15 an.

Wir eilten zum Gleis. Die anderen waren schneller. Ich hinkte mit meinen Krücken immer hinterher.

Der Zug fuhr ein. Der Bahnsteig war voller Menschen.

Ich wich einem Anzugträger aus, der mich mit seiner Umhängetasche anstieß und fast zu Fall gebracht hätte.

Pärchen lagen sich in den Armen und knutschten, als hätten sie sich Jahrhunderte nicht gesehen.

Ich reckte den Kopf, um das Gewimmel zu überblicken.

"Da hinten!" Marlene hatte ihren Freund entdeckt.

Jetzt sah auch ich eine bleiche, schlaksige Gestalt.

Weit und breit kein Mattu und auch sonst kein Polizist. Was sollten wir machen? Wir konnten den Mann nicht einfach selbst festnehmen.

Ich ließ Marlene vorlaufen und zog Wombel hinter einen Fahrkartenautomaten. Wir beobachteten, wie Clemens Marlene entdeckte und auf sie zulief. Er schien sich wirklich zu freuen, sie zu sehen.

Marlene breitete ihre Arme weit aus.

Wagner erreichte sie und fiel ihr um den Hals. Sie küssten sich.

Wo blieb nur Mattu? Wenn man die Bullen mal brauchte, waren sie nicht da.

In dem Moment rempelte mich ein Mann mit seinem Rollkoffer an.

Ich stolperte über meine Krücken, verlor das Gleichgewicht und fiel hin.

Statt sich zu entschuldigen, beschimpfte der Typ mich wüst und eilte weiter.

Durch den Tumult wurde Wagner auf uns aufmerksam.

Er erkannte erst Wombel und dann mich.

Seine Augen weiteten sich vor Entsetzen. Er riss sich von Marlene los. Ließ sie einfach stehen, rannte los und sprang die Treppe zur S-Bahn hinunter. Die anderen Leute schubste er rücksichtslos zur Seite, worauf ihm wüste Beschimpfungen folgten.

Wombel wollte mir aufhelfen. Ich schrie: "Lass mich, renn lieber hinter Wagner her!"

Er sprintete los.

Marlene stand geschockt auf dem Gleis, folgte aber schließlich Wombel im Laufschritt.

Nach einigem Suchen fand ich einen Aufzug. Als der endlich unten in der B-Ebene ankam, sah ich durch die gläserne Aufzugtür gerade noch, wie sich die Türen der S-Bahn vor Wombels Nase schlossen.

Marlene kam gerade angelaufen.

Die S-Bahn ruckte an.

Ich war sicher, hinter der Scheibe des S-Bahnwagenfensters das bleiche Gesicht von Wagner zu sehen.

"Verdammt!", schimpfte Wombel. „Wir haben ihn verloren."

"Wieso ist er weggerannt?" Marlene verstand nichts.

In dem Moment sah ich eine vertraute Gestalt die Rolltreppe runterspringen.

Auch Mattu folgte eine Woge übler Beschimpfungen, weil er sich ähnlich entschlossen den Weg freikämpfte wie eben Wagner.

"Was geht hier ab? Wo ist der Verdächtige?"

Mattu keuchte. War wohl lange nicht mehr beim Polizeisport gewesen.

"Er ist entkommen". Ich deutete auf den dunklen Tunnel, in dem der letzte Wagen der S-Bahn verschwand.

47

SCHLECHTES TIMING

"Wenn Sie Clemens sprechen wollen .... Wir treffen uns gleich im myZeil." Sie verstand immer noch nicht, was los war und blickte von einem zum anderen. „Er ist schon mal vorausgefahren."

"Meinst du ...?", setzte Wombel an.

Ich unterbrach ihn, bevor das Wort "Mörder" fiel. Marlene war unsere wichtigste Karte, die mussten wir jetzt ausspielen.

"Ich glaube nicht, dass er mich noch mal versetzt. Ich verstehe nicht, wieso er auf einmal weggelaufen ist."

"Mach dir keine Gedanken", sagte ich beruhigend, wohl wissend, dass es mein Anblick war, der ihn erschreckt hatte.

"Auf ins myZeil. Dort ist Clemens mit Marlene verabredet."

Mattu zückte sein Handy. "Drei Leute zur myZeil. In Zivil, bitte! Aber auf keinen Fall Weber! Der bleibt im Revier!" Er sprach im Stakkato.

"Keiner unternimmt was, bevor ich da bin."

Die nächste S-Bahn rauschte rein.

"Zielperson ist Mitte 30, auffallend bleich, schmächtig."

Das Rattern der S-Bahn übertönte Mattus Worte. Die Türen öffneten sich. Wir sprangen hinein, noch bevor die ankommenden Passagiere ausgestiegen waren.

Ich spürte eine warme Hand auf meiner Schulter. Der Duft eines Rasierwassers stieg mir in die Nase.

"Was ist denn passiert?"

Mattu nickte mit dem Kopf in Richtung des Verbands an meinem Bein.

Fast hätte ich was von einem Haushaltsunfall genuschelt. Aber früher oder später musste ich Mattu ohnehin alles erzählen.

"Milchsackfabrik. Bin aus dem Fenster gesprungen."

Mattu guckte erschrocken. „Der Brand?“

Für Erklärungen blieb keine Zeit. Die Bahn stoppte an der Hauptwache.

Wir gingen Richtung myZeil, wobei Wombel und Mattu auf mein Krückentempo Rücksicht nahmen.

Marlene eilte voraus.

In der Einkaufsgalerie herrschte Trubel. Die Menschen quetschten sich in die Geschäfte, als sei morgen nichts mehr zu haben. Junge Mädchen, mit Tüten bepackt, Kopfhörer im Ohr, standen auf der langen Rolltreppe im Zentrum des Shoppingcenters.

Marlene war im Gewühl verschwunden. Sie kannte sich hier offenbar aus.

Mattu raunzte einen Türsteher an. Der zeigte uns einen etwas versteckten Lift, der in den obersten Stock führte.

Im Aufzug sprach niemand ein Wort.

Oben angekommen, sahen wir Clemens Wagner am Rand der Dachterrasse stehen und über die Stadt blicken.

Marlene stand dicht neben ihm. Sie unterhielten sich leise und vertraut.

Mattu flüsterte: "Vorsichtig! Wir müssen behutsam …"

Wombel stürzte vor: "Da ist das Schwein!" Die weiße Ratte sprang aus seiner Jacke und huschte davon.

Mattu erwischte Wombel am Ärmel und hielt ihn zurück.

Wagner hatte die Bewegung mitbekommen. Er fuhr herum und starrte uns mit aufgerissenen Augen an.

Er zögerte einen Moment, dann hob er ein Bein.

Schob es über das Geländer.

Verlagerte sein Gewicht.

Stand am Rand der Dachterrasse, ungeschützt, vor sich der Abgrund.

48

FATALE VERWECHSLUNG

Marlene blickte entsetzt zwischen uns und ihrem Freund hin und her.

Mattu breitete die Arme aus, um uns zurückzuhalten.

Dann raunte er Marlene zu: "Sagen Sie irgendetwas zu ihm! Lenken Sie ihn ab!"

Clemens Wagner blickte nach unten.

Es ging ein leichter Wind, der sein helles Haar bewegte.

Die Skyline hob sich grell gegen den Himmel ab. Die Fenster von Frankfurts Bankentürmen glänzten im Abendlicht.

Auf einmal verstummte das Rauschen der Fußgängerzone. Offensichtlich hatten die Passanten unten den Mann auf dem Dach entdeckt.

Ich stellte mir vor, wie sie ihre Köpfe in den Nacken legten und sensationslüstern nach oben starrten.

"Clemens, ich bin's." Marlenes Stimme klang wackelig.

"Hör mir zu! Ich weiß nicht, was das soll, aber ich liebe dich!"

Wagner bewegte sich keinen Millimeter vom Rand der Dachterrasse weg. Er starrte zu uns rüber.

Mir war nicht klar, ob er uns überhaupt wahrnahm.

"Wir wollen doch nach München ziehen und heiraten." Marlene versuchte, einen verführerischen Unterton in ihre Stimme zu legen, was nicht gut gelang.

Wagner machte einen unsicheren Schritt zurück zum Geländer, verlor fast das Gleichgewicht. Mit den Armen rudernd fing er sich wieder, griff nach dem Geländer, das die Aussichtsterrasse sicherte. Nur, dass er auf der falschen Seite stand.

"Du weißt nicht, was ich getan habe."

Diese helle Stimme kannte ich. Das war der Mann, der mich in die Milchsackfabrik gelockt hatte.

"Ich bin ein Ungeheuer."

Marlene sprach halblaut: "Egal, was du getan hast." Sie holte tief Atem. "Wir gehören doch zusammen. Ich verzeihe dir alles, egal was!"

Mattu nickte ihr zu. "Gut, weiter so!"

"Keiner kann mir verzeihen." Wagner klang verzweifelt.

"Deine Mutter braucht dich! Du bist ihr einziger Sohn. Denk an deine Mutter!"

Das schien ihn zu Verstand zu bringen. Seine Hände krampften sich um das Geländer. Er hob sein Bein, um wieder zurück zu klettern.

Wir hielten die Luft an.

In diesem Moment hörte ich ein *Ping* vom Aufzug hinter mir, mit dem auch wir hochgekommen waren. Mit einem *Wusch* öffneten sich seine Türen.

Ich drehte mich nicht um, konnte die Augen nicht von Wagner lassen, spürte aber einen Luftzug im Nacken.

Jemand betrat die Dachterrasse.

"Umut!", schrie Wagner. Er machte einen Satz nach hinten, trat ins Leere.

Ein Schrei hing in der Lust. Er kam nicht aus Wagners Mund.

Es war Marlene, die Entsetzen und Schmerz hinausbrüllte.

Ein schweres, klatschendes Geräusch von unten.

Dann ein Seufzen. Der Ton klang nach Entsetzen und Befriedigung zugleich.

Das kam von der Menge der Schaulustigen, die sich unten versammelt haben musste.

Ich drehte mich um, weg von der Aussichtsterrasse. Der Blick auf die Frankfurter Skyline schien mir auf einmal nicht mehr attraktiv.

Hinter mir stand ein Bulle in Zivil. Ein Mann türkischer Herkunft.

"Sorry, der Verkehr, wir sind zu spät", entschuldigte er sich bei Mattu.

"Du kamst zu früh", knurrte Mattu.

Er strich Marlene, die sich an ihn klammerte, beruhigend über den Rücken.

Zu meinem Erstaunen verspürte ich einen Stich Eifersucht.

"Der Verdächtige hat Sie verwechselt", erklärte ich dem türkischen Polizisten.

Er hatte eine vergleichbare Statur und Haarfarbe wie Umut, aber sonst sah er ihm kaum ähnlich.

49

FESTESSEN

"Warum hast du den Bullen eingeladen?", zischte ich Freya zu. Sie zupfte Salatblätter auseinander, während ich Zwiebeln hackte. Tränen stiegen mir in die Augen. Ich wischte sie mit den Hemdsärmeln ab.

"Der ist doch süß."

Überrascht starrte ich Frey an. Sie äußerte sich nie über Männer.

"Ich dachte, du stehst auf den Arzt, diesen Pit?"

Röte stieg ihr ins Gesicht.

"Ich hab den Bullen eingeladen, damit wir Infos austauschen können." Sie drückte mir Gläser in die Hand. "Hier, stell die auf den Tisch."

Folgsam brachte ich die Gläser ins Zimmer, wo Wombel sich auf dem Sofa breitgemacht hatte. Zur Feier des Tages hatte er seinen Irokesen frisch eingesprüht, so dass er sauber hochstand. Die Ratte war nicht mehr zurückgekehrt. Wahrscheinlich war ihr unser Leben zu anstrengend.

Mattu saß allein am Tisch und guckte Löcher in die Luft.

Freya hatte das Silberbesteck aufgelegt, das in ihrer Familie seit Urzeiten vererbt wurde. Dazu hatte sie Teller mit einem zarten Muster aufgedeckt.

Ich wusste zufällig, dass sie diese Teller geschenkt bekommen hatte, als sie ihre Kanzlei eröffnete. Es waren keine Teller, die man einfach im Schrank stapelte, sondern jeder einzelne hatte ein Samttäschchen, in dem er aufbewahrt wurde.

Ich verteilte die Gläser auf dem Tisch, bemüht, bloß keinen dieser unersetzlichen Teller herunter zu stoßen.

Es klingelte an der Tür.

Gleichzeitig röhrte Wombels Handy mit irgendeinem Song von AC/DC los. Punk gab es vermutlich nicht als Klingelton.

"Gehst du mal?", rief Freya aus der Küche.

Ich öffnete. Pit von Bredenbeck stand vor der Tür, eine Flasche Wein in der Hand.

Der Arzt grüßte und erkundigte sich nach meinem Knöchel. Dann ging er in die Küche vor. Wir hörten, wie er Freya vorlas: "Bordeaux. Château Lafleur."

"Feines Tröpfchen", sagte Mattu.

Ich starrte ihn überrascht an. Der Bulle, ein Weinkenner?

Wombel war aufgestanden und lief im Raum auf und ab. "Was?", rief er in sein Handy. "Schwanger? Seid ihr sicher?"

Währenddessen setzten sich alle anderen an den Tisch.

Pit goss Wein ein. Er steckte seine Nase ins Glas und schnupperte.

Mattu tat es ihm nach.

Ich prostete ihnen zu und trank mein Glas halb aus, während die beiden immer noch auf ihrem ersten Schluck herumkauten.

Wombel drückte den Anruf weg, trat an den Tisch und griff sich die Weinflasche.

"Prost allerseits." Er setzte an und trank gierig aus der die Flasche.

Seltsam, das war selbst für ihn ein ungewohntes Verhalten. Worum war es bei dem Telefonat gegangen? Ich würde ihn nachher unter vier Augen danach fragen.

Pit öffnete den Mund, um etwas zu sagen, schloss ihn aber wieder.

Freya kam mit einer Schüssel Salat herein. Mit einem Blick erkannte sie die Lage. Sie machte auf dem Absatz kehrt und verschwand wieder in die Küche.

Als sie zurückkehrte, brachte sie einen Jack Daniels und eine weitere Flasche Wein mit. Den Whiskey drückte sie Wombel in die Hand, der sich wieder auf dem Sofa breitgemacht hatte, den Wein reichte sie Pit.

„Ist zwar kein Château Lafleur …"

"Mir ist immer noch nicht klar, wo Sandy da reingeraten ist", sagte sie zu dem Polizisten.

Mattu und ich fingen gleichzeitig an zu reden. Genauso schnell stoppten wir uns.

Ich setzte wieder an: "Reingeraten …"

Im gleichen Moment sagte Mattu: „Als …"

Wir stoppten wieder und mussten lachen.

"Ladies first", sagte Mattu.

"Reingeraten kann man ja wohl nicht sagen", protestierte ich. "Ich habe als Privatdetektivin meinen Job getan und einen Mörder enttarnt."

"Jahaa", grölte Wombel vom Sofa, "genau, weil die Bullen nämlich zu blöd dazu waren."

Pit besänftigte: "Die Polizei wusste sicher Bescheid und hatte ihre Gründe abzuwarten."

Mattu holte tief Luft: "Als Sandy mich auf Clemens Wagner hinwies", er blickte mir tief in die Augen, "war dieser bereits unser Hauptverdächtiger. Wir hatten seine Fingerabdrücke im Büro von Professor Knettenbrech rekonstruieren können."

"Wieso hat das so lange gedauert?", warf Freya ein.

"Sie waren sehr verwischt, wir mussten sie bearbeiten. Aber früher oder später hätten wir ihn bekommen, wir hatten männliche DNA gefunden."

"Deshalb die Speichelproben?"

Mattu grunzte. "Die wir nicht nehmen konnten, die Profs waren ja dauernd unterwegs. Wagner ist wahrscheinlich in Gießen untergetaucht, weil wir die Proben angekündigt hatten."

Mattu nahm einen Schluck Wein und kaute wieder aufreizend lange darauf rum. "Wir wären eigentlich viel schneller gewesen, aber die haben im Labor Mist gebaut. Ein Laborant hat die DNA-Spuren verunreinigt. Bis neues Material besorgt war und die Tests wiederholt wurden, hat es gedauert."

"Was für eine Schlamperei", kommentierte Pit von Bredenbeck. Er schaute Mattu über den Rand des Glases an.

"Was heißt Schlamperei", sagte Mattu eine Spur lauter als nötig. "Die Kollegen schieben Überstunden ohne Ende. Wir haben zu wenig Personal und kriegen immer mehr Arbeit aufgehalst. Natürlich geht ein Mord vor, aber ..."

"Der Mörder ist immer der Gärtner", rief Wombel

dazwischen. Er schwenkte die Schnapsflasche in unsere Richtung. "Prost!"

"Von Mord können wir im Fall Knettenbrech genau genommen nicht reden", wandte Mattu ein, jetzt wieder gelassen.

"Wieso?", fragte Freya gespannt.

"Die Gerichtsmediziner haben den Tathergang rekonstruiert: Der Verdächtige Wagner hat sich mit Knettenbrech gestritten und ist ihm an den Kragen gegangen. Er hat ihn gewürgt, das war aber nicht tödlich. Es kam offenbar zu einem Gerangel und Professor Knettenbrech stürzte nach hinten gegen ein Regal. Da stand eine Statue, die kippte runter und traf ihn am Kopf. Wagner hat anscheinend die Statue ergriffen und sie dem Professor noch mehrmals auf den Kopf gedonnert. Die Kopfwunde war tödlich."

"Gefährliche Körperverletzung mit Todesfolge", übersetzte Freya in ihr Juristenchinesisch.

Mattu nickte.

"Wieso haben sie sich überhaupt gestritten?", fragte Pit von Bredenbeck. Er öffnete die zweite Flasche Wein und schnüffelte an ihr.

Mattu zuckte mit den Schultern. "Sandy?"

Ich hätte lieber weiter gegessen, aber nun warteten alle auf meine Erklärung. "Knettenbrech hat Clemens Wagner dabei erwischt, wie er Teile seiner Dissertation von einer anderen Arbeit abgeschrieben hat. Der Prof hat sich total darüber aufgeregt, er hat Kopien von den entsprechenden Seiten gemacht. Er hat Clemens sofort zu sich zitiert." Ich blickte in die Runde. "Obwohl Sonntag war, musste Wagner im Institut antanzen."

"Ein Plagiat", sagten Freya und Pit wie aus einem Munde.

Ich erklärte, was ich mit Hilfe der Professoren Striebel und Schlagnach inzwischen rausgefunden hatte: "Wagner schrieb fast wortgleich die Ergebnisse ab, die ein gewisser Steffenhagen bereits 2001 veröffentlicht hatte. Wagner hat nicht auf diese Quelle verwiesen. Er forschte über die schorische Sprache, eine sibirische Turksprache. Ein extrem abgelegenes Gebiet, auf dem sich nur ganz wenige Spezialisten auskennen. Deshalb dachte er wohl, dass niemand die Fälschung bemerken würde."

"Ist das so schlimm? Eigentlich erfindet doch sowieso keiner das Rad neu", meinte Mattu.

Damit sprach er aus, was auch ich insgeheim dachte.

"Das ist mehr als schlimm, das ist tödlich", sagte Pit, ohne sich bewusst zu werden, dass es in diesem Fall wirklich um Leben und Tod gegangen war. "Der Sinn der Doktorarbeit ist es, eine eigenständige Leistung zu erbringen. Wo kämen wir denn hin, wenn alle voneinander abschreiben!"

"Da sind schon mehrere Politiker drüber gestolpert", warf Freya ein.

Ich ergänzte: "Beim Tatwerkzeug handelte es sich übrigens um eine Bronzefigur der Göttin Athene. Die symbolisierte bei den alten Griechen Wissenschaft und Weisheit."

"Also wurde der Professor von der Wissenschaft erschlagen.“ Pit von Bredenbeck musterte mich kritisch. "Und wieso musste Umut sterben? Freya hat mir die Geschichte in groben Zügen erklärt, aber das habe ich nicht verstanden."

Ich schaute Mattu an. "Die Polizei, dein Freund und Helfer, wird es erklären."

"Freund und Helfer!", rief Wombel vom Sofa rüber. "Von

wegen. Hätten ja helfen können, als der Typ Sandy abfackeln wollte, wa?"

Pit verdrehte die Augen.

Freya biss sich auf die Unterlippe.

Mattu ging nicht auf Wombel ein. Er erklärte: "Am Sonntag, an dem Knettenbrech starb, war im Turkologischen Institut ein Verkehr wie in einem Bienenkorb. Wir haben einen minutiösen Zeitplan aufgestellt, um die Geschehnisse zu rekonstruieren. Offenbar vergnügte sich Professor Striebel dort mit einer gewissen Natascha, einer Professionellen aus einem stadtbekannten Etablissement."

"Sag doch, wie es war. Er trieb's mit einer Hure." Wombel sprang auf und schwankte. Er deutete mit der Schnapsflasche auf Mattu und wiederholte: "Für euch Bullen sind Frauen wie Natascha doch nur eine Nutte! Das denkst du doch, oder?" Dann taumelte er gegen den Tisch, griff haltsuchend nach dessen Kante, erwischte aber nur das Tischtuch.

Gläser stürzten um, der Rotwein ergoss sich über die weiße Tischdecke, einer der edlen Teller fiel auf den Boden und zerschellte.

Wombel fing sich wieder. Er nuschelte: "Scherben bringen Glück!"

Freya sprang auf: "Jetzt reicht's aber! Wombel, du gehst jetzt." Sie packte ihn am Arm und schleifte ihn zur Tür.

Mein besoffener Kumpel hatte ihr nichts entgegenzusetzen.

Freya schloss die Tür hinter ihm.

Wir hörten sein Gegröle noch eine Weile im Treppenhaus.

"Der gute Teller!", rief Pit von Bredenbeck. Er ging in die

Küche, wir hörten ihn Schränke öffnen. Dann kam er mit Kehrblech und Handfeger zurück, kniete sich auf den Boden und kehrte die Scherben auf.

Freya wollte ihn aufhalten: "Lass doch, den Teller kann man nachkaufen. Ich kann es nur nicht leiden, wenn Leute meine Gastfreundschaft ausnutzen."

Sie blickte mich entschuldigend an.

Ich zuckte mit den Schultern.

Freya holte eine große Schüssel Lasagne aus der Küche, über die wir herfielen.

"Also, an dem Sonntag im Institut, wer war alles da?", nahm Pit von Bredenbeck den Faden wieder auf. "Ich hab den Überblick verloren."

"Offenbar kam nicht nur Clemens Wagner, sondern auch Umut Öztürk ins Institut, das sagt jedenfalls die Zeugin Natascha aus." Mattu sprach wie ein Polizeibericht.

"Was hat Umut da gewollt?"

Mattu zuckte mit den Schultern. "Es werden bei diesem Fall Fragen offenbleiben. Den Täter können wir ja nicht mehr vernehmen."

50

DER ZEUGE

JETZT KONNTE ICH GLÄNZEN: "Wenn die Polizei nicht weiterweiß, fragen Sie die Privatdetektivin."

Mattu zog die Augenbrauen hoch.

"Umut Öztürk war dort, um das Programmheft für seine Laien-Theatergruppe zu vervielfältigen. Sonntags konnte er das unauffällig erledigen, wie er dachte. Geld sparen für den Copyshop. Doch was geschah?"

Alle blickten mich an.

"Er öffnete den Deckel vom Kopierer und fand Unterlagen, und zwar Auszüge aus der Dissertation von Clemens und die entsprechenden Seiten aus dem Aufsatz von Steffenhagen, bei dem sich der Doktorand bedient hatte. Knettenbrech hatte die Papiere im Kopierer liegen lassen, wahrscheinlich vor lauter Wut über das Plagiat."

"Umut hat verstanden, was er in den Händen hielt", fiel Freya ein.

"Er hat seine Chance erkannt und Clemens erpresst. Er

hat ihn gezwungen, seinen Antrag auf ein Stipendium zurückzuziehen." Ich hatte meine Hausaufgaben gemacht. "Ein Anruf bei der Deutschen Forschungsgemeinschaft, die das Stipendium vergibt, hat das bestätigt."

Freya grinste. Sie war stolz auf mich.

"Clemens Wagner hat Umut aus dem Weg geräumt." Ich nahm einen Schluck Wein. "Schlagnach hat mir erklärt, dass immer nur ein Doktorand pro Institut die Förderung erhält. Nach Umuts Tod war der Weg für Clemens frei, erneut das Stipendium zu beantragen."

"Clemens Wagner war ganz sicher der Mörder Umuts", bestätigte Mattu. "Wir haben seine DNA posthum überprüft, sie ist identisch mit der, die unter Umuts Fingernägeln gefunden wurden." Mattu wandte sich mir zu: "Du warst schon lange entlastet. Ein Mann hat sich gemeldet, der dich gesehen hatte, als er seinen Hund ausgeführt hatte, als du frühmorgens Umuts Wohnung verlassen hast. Umut ist erst Stunden später gestorben, das hat der Gerichtsmediziner eindeutig festgestellt."

"Das erfahre ich jetzt erst?"

Mattu zuckte mit den Schultern.

Verärgert stopfte ich Lasagne in mich rein, die mich gleich wieder mit der Welt versöhnte. Ein Meisterstück von Freyas Kochkunst.

"Jetzt versteh ich auch, wieso dein Büro durchsucht wurde", sagte Freya. "Wagner hatte durch den Zeitungsartikel erfahren, dass du bei Umut warst. Als er die Papiere in Umuts Wohnung nicht fand, vermutete er sie bei dir. Er wusste ja nicht, dass du gar nicht verstanden hast, wieso die Kopien so wichtig sind."

Mattu guckte verdutzt. Von der Durchsuchung meines Büros hörte er zum ersten Mal.

"Das Ganze ist eskaliert", meinte ich.

"Was meinst du?", fragte Freya.

"Der Tod Knettenbrechs war ein Versehen. Clemens hat ihn im Zorn angegriffen, dabei ist diese Statue runtergefallen und hat den Professor erschlagen. Umut hat er eiskalt abgestochen und mich wollte er abfackeln."

"Polizeipsychologen sagen, dass ein Mord den Täter verändert", erklärte Mattu. "Entweder er geht daran zugrunde oder er verliert seine Hemmungen."

Nach dem Essen trat ich auf den Balkon und blickte auf die Cafés im Hof. Dort saßen Leute unter Heizpilzen, in Fleecedecken gekuschelt.

Die Luft war frisch, aber eine Ahnung von Frühling hing in der Luft. Ich atmete tief ein.

Dann spürte ich eine Bewegung hinter mir. Mattu trat neben mich.

"Wo ist dein Freund hin?", fragte er unvermittelt.

"Welcher Freund?"

"Den Freya rausgeschmissen hat."

War Mattu jetzt an meinem Privatleben interessiert oder wollte er Infos über mich für seine Akten sammeln?

"Wahrscheinlich auf dem Weg nach Hamburg."

"Er wohnt nicht bei dir?" Mattu schaute auf den Hof herunter.

"Ich lebe alleine." Mattu schien ein netter Kerl zu sein, aber ich durfte nicht vergessen, dass er Bulle war.

Außerdem würde er mich immer an diesen Moment absoluter Hilflosigkeit erinnern. Die Ohnmacht in dem Augenblick, als Wagner sich von der Galerie stürzte. Vielleicht würde uns das für immer verbinden: Dieses miese Gefühl, einen sinnlosen Tod nicht verhindert zu haben.

Wir standen nebeneinander und blickten ins Dunkle.

Mattu legte seine Hand neben meine auf das Balkongeländer. Er berührte mich nicht, aber ich konnte seine Wärme spüren.

Ich rückte ein wenig näher an ihn ran.

In dem Moment rief Freya, dass der Nachtisch fertig sei.

Der magische Moment verflog.

Freya hatte eine riesige Schüssel Tiramisu aufgetischt. Wir griffen zu. Pit erzählte Anekdoten aus Studienzeiten, Freya gab Geschichten aus dem Gericht zum Besten.

Mattu revanchierte sich mit grotesken Szenen aus dem Polizeialltag.

Ich beobachtete ihn unauffällig. Seine grauen Augen, die geschwungenen Lippen. Unwillkürlich fragte ich mich, ob er gut küssen konnte.

Schließlich hatten wir so viel gegessen, dass wir uns nicht mehr rühren konnten.

Freya steckte sich eine Zigarette an und schob die Schachtel zu Mattu rüber. Sie griff hinter sich, nahm einen Umschlag von einer Anrichte und schob ihn mir rüber. "Deine Steuererklärung."

"Danke!" Mir fiel ein, dass ich im Gegenzug noch die Birne für sie auswechseln musste.

"Musst nur noch unterschreiben. Und ich stehe natürlich kostenlos als Rechtsbeistand für deinen Prozess zur Verfügung", sagte sie. Sie spitzte die Lippen und stieß einen Schwall Rauch aus.

Pit verzog angeekelt das Gesicht.

"Welcher Prozess?" Hatte mich jemand angeklagt? Ich

hatte keine Zeit für Gerichtstermine. Das Flugticket für morgen steckte in meiner Tasche. Das Honorar von Sabine Knettenbrech reichte nicht nur für die Miete der nächsten Monate, sondern auch für ein Luxushotel in Antalya.

Sogar die Spesenrechnung hatte die Witwe ohne Murren bezahlt. Der Sonderposten von 400 Euro Informationshonorar für die Zeugin Natascha war nicht aufgefallen.

Freya blickte Mattu an, der an dem Päckchen Zigaretten rumfingerte. Sie seufzte. "Angeklagt wird der Polizeibeamte Weber, wegen Körperverletzung, Amtsmissbrauch und Einschüchterung der Zeugin Sandra Hardenberg."

"Spinnst du? Du weißt doch, wie das endet: Aussage gegen Aussage. Meine Aussage gegen die eines Bullen!"

Mattu richtete sich gerade auf. "Du hast einen Zeugen", sagte er fest. Er hob sein Weinglas und blickte mich darüber an. "Mich."

Blätter weiter, um mehr über die Abenteuer von Sandy und ihren Freunden zu erfahren.

DANKSAGUNG

Liebe Leserin, lieber Leser,

wenn Dir das Buch gefallen hat, freue ich mich über eine Bewertung oder Rezension online. Jährlich erscheinen rund 70.000 Bücher in Deutschland. Als unabhängige Autorin falle ich da kaum auf - ein wenig Unterstützung durch die Leser hilft daher sehr, danke.

Wenn Du immer auf dem Laufenden bleiben willst, was ich als nächstes schreibe, abonniere meine „Nachrichten aus der Schreibstube“ unter www.katja-kleiber.de/gratis-buch. Dann bist Du VIP-Leser, nimmst an Gewinnspielen teil und wirst vorab über Rabattaktionen informiert.

Aus den Reihen der Newsletter-Abonnenten kamen auch die Testleser, die Ideen für die Ratte Moni, den tragbaren Lautsprecher mit Punk-Musik und weitere Details einbrachten.

Ich danke allen, die mich auf dem Weg als Autorin begleiten.

Viele Grüße
Katja Kleiber

ÜBER DIE AUTORIN

Katja Kleiber schreibt Krimis mit Herz und Hut. Sie ist mit dem Herzen dabei und außerdem gut behütet.

Sie steckt ihre Nase gerne in fremde Angelegenheiten und schreibt dann auch noch drüber. Sie lebt in Frankfurt/Main, wird aber auch mal woanders gesichtet - etwa in den Wäldern der Eifel.

Ihre Krimis spielen in Frankfurt am Main und in der Eifel.

Erfahre mehr über Katjas Krimis, werde VIP-Leser, nehme an Gewinnspielen teil und abonniere den Newsletter: www.katja-kleiber.de/gratis-buch

facebook.com/katjakleiberautorin

instagram.com/katja.kleiber

BÜCHER VON KATJA KLEIBER

Es macht Sinn, die Serien in dieser Reihenfolge zu lesen, sie sind aber auch unabhängig voneinander verständlich.

Der Prof mit dem Sarg - Sandys erster Fall

Der Anwalt ohne Hose - Sandy ermittelt in Frankfurt

Der Banker mit dem Stöckelschuh - Sandy ermittelt in Frankfurt

Das Kind mit der Knarre - Sandy ermittelt in Frankfurt

Die Eifelhexe

Sturm über der Eifel

DER BANKER MIT DEM STÖCKELSCHUH: ÜBERRASCHENDER BESUCH

Ich hasste es, bei wichtigen Sachen wie Sex gestört zu werden. Mattus nackter Po schaute zwischen den Bettlaken hervor. Ich überlegte gerade, ob ich reinbeißen oder ihn sanft streicheln sollte.

Mattu schnarchte rhythmisch vor sich hin. Er hatte mir gestern einen Schnellkurs in Sachen Wein gegeben. Bisher konnte ich zwar Licher Pils von der Henninger Plörre unterscheiden, aber nicht einen Roten vom anderen. Jetzt schwirrte mir der Kopf. Keine Ahnung, ob es an dem Gerede über Rebsorte, Lage und Jahrgang lag oder am Restalkohol. Zu Sex waren wir nicht gekommen, das wollte ich jetzt nachholen. Dieser Hintern war einfach zu verführerisch.

Das Schrillen der Türklingel bohrte sich in mein Hirn. Mattu knurrte etwas Unverständliches und zog sich das Kissen über den Kopf.

Ich war zu faul, um aufzustehen. Der Sommer war

unglaublich heiß. Das einzige Fenster meiner winzigen Wohnung stand sperrangelweit offen, aber kein Lüftchen rührte sich.

Die Türklingel schrillte wieder. Lang anhaltend. Jemand schien seinen Finger auf den Knopf zu halten. Außerdem war es nicht die Haustür, die Glocke klang anders. Jemand war direkt vor meiner Wohnung. Ich sprang auf, ging die wenigen Schritte zur Tür und riss sie auf. Da stand eine junge blonde Frau, die sich an einen riesigen Rollkoffer klammerte. Ich starrte sie an. Sie kam mir vage bekannt vor.

„Sandra! Zieh dir was an!", quietschte eine mir wohlvertraute Stimme.

Meine Schwester! Wie kam die denn hierher?

„Wie kommst du denn hierher?"

„Lass mich erst mal rein." Sie schob den Rollkoffer wie einen Rammbock vor sich her, sodass ich automatisch zur Seite trat.

Sie hievte das Monstrum über die Schwelle und drängte sich an mir vorbei in das Apartment.

„Was …?" Ihr fehlten die Worte.

Ich folgte ihrem entgeisterten Blick. Ein Kühlschrank, darauf eine Doppelkochplatte, ein geklauter Einkaufswagen voller Klamotten und ein Tisch mit drei Stühlen machten die Einrichtung aus. Früher als Punkerin hatte ich schlechter gewohnt. Meine vier Wände hier in Frankfurt waren echt top. Die Miete war bezahlbar, von den Nachbarn kriegte ich kaum was mit.

Silvias Miene wurde starr. Ach ja, da war noch die Doppelmatratze, auf der Mattu vor sich hin schnarchte. Inzwischen hatte er das Laken über sich gezogen. Wie konnte er bei dem Lärm nur weiterschlafen? Er musste tatsächlich ausgelaugt sein.

„Wie kommst du denn hierher?", fragte ich noch einmal.

Meine Schwester Silvia hatte ich seit, na, seit mindestens zehn Jahren nicht mehr gesehen. Während ich mich in besetzten Häusern und auf Punkkonzerten herumtrieb, hatte sie wahrscheinlich brav die Schule beendet und einen vermutlich grottenlangweiligen Beruf ergriffen. Konnte ja nicht jeder so einen coolen Job haben wie ich.

„Sandra, ich muss einige Tage bei dir bleiben. Wirklich nur ein paar Tage, bis ich eine Wohnung gefunden habe."

Jetzt starrte ich sie entgeistert an. Meine Schwester? Bei mir wohnen?

„Äh." Mehr brachte ich nicht heraus.

„Ich habe eine Stelle in der Zentrale der Deutschen Bank bekommen", sprudelte sie hervor. „Für mich ist das die Chance auf eine Karriere, ein echtes Sprungbrett."

„Ja und, wieso läufst du dann hier auf?" Ich musterte sie kritisch.

Eigentlich hatten wir beide das gleiche mausfarbene Haar, nur sie hatte ihres honigblond getönt und zu einem akkuraten Bubikopf schneiden lassen, während meines raspelkurz und vom vielen Färben ausgelaugt war. Ihre Brauen waren gezupft, die Augen sorgfältig geschminkt. An den Ohrläppchen baumelten Perlenohrringe, die ich zuletzt bei meiner Mutter gesehen hatte. Instinktiv griff ich an meine Ohren, die von Löchern gespickt waren.

Silvia trug ein ärmelloses Leinenkleid. Trotz der Hitze hatte sie ein Jäckchen übergeworfen, was Gestricktes mit vielen großen Maschen. Sie duftete nach irgendeinem Blümchenparfüm.

Mir wurde bewusst, dass ich immer noch nackt war. Ich wühlte in dem alten Einkaufswagen und zerrte ein schwarzes T-Shirt und einen Slip hervor, um mich notdürftig zu bekleiden. Mehr konnte mein Schwesterchen bei diesen Temperaturen nicht erwarten.

Schließlich setzte ich mich an den Tisch und deutete auf die freien Stühle. Silvia nahm Platz und schlug geziert die Beine übereinander.

„So, dann willst du hier Karriere machen.“ Sie war also Bankerin geworden. Privatdetektivin war auf jeden Fall die bessere Wahl, fand ich. Ich verstand immer noch nicht, wieso sie bei mir aufschlug. Wir hatten uns in den letzten zehn Jahren nichts zu sagen gehabt und auch nicht vermisst, zumindest was mich anging. „Woher hast du überhaupt meine Adresse?“

„Deine Nummer steht im Telefonbuch, und als ich da angerufen habe, hat mir die Sekretärin deine Straße genannt.“

Soso. Mit der Trine würde ich ein paar Worte reden. Ich kannte sie über meine Freundin Freifrau Freya von Buckow. Die gestandene Rechtsanwältin vermietete mir einen Raum unter dem Dach ihres Prachtbaus im Westend. Eine lange Geschichte, wie es zu dieser Freundschaft gekommen ist, jedenfalls residierte meine Detektei dadurch in einer der besten Gegenden Frankfurts. Die Trine, die eigentlich Christel hieß, bewachte Freyas Vorzimmer und nahm meine Anrufe entgegen, wenn ich nicht da war. Jetzt hatte sie meine Privatadresse ausgeplaudert.

„Okay, und wie denkst du dir das?“ Ich wies mit einer Rundumbewegung auf mein kleines Reich. „Hier ist kein

Platz."

„Sandra, bitte!" Sie schaute mich flehentlich an.

„Sandy!"

„Wie?"

„Sandy! Ich heiße jetzt Sandy."

Meine Eltern waren auf die bescheuerte Idee verfallen, mich „Sandra Isolde" zu taufen. „Sandy" war das kleinere Übel.

„Ich finde keine Wohnung in Frankfurt. Ich habe das ganze Internet durchsucht, nichts. Dann habe ich Makler angerufen, die haben nicht mal zurückgerufen." Ihr Stimme wurde schrill.

Mattu wälzte sich unruhig auf der Matratze hin und her.

Silvia umklammerte immer noch den Griff ihres Rollkoffers. „Normalerweise hat die Bank Gästewohnungen für solche Fälle, aber die sind mit Indern belegt."

„Mit Indern?"

„Die machen irgendeine Weiterbildung wegen des IT-Systems der Bank. Das wird von Indien aus betreut."

Ich stöhnte. Meine Schwester auf die Straße zu schicken, war keine Option. Sie würde das nicht eine Nacht aushalten. Ich wusste, wovon ich sprach. Nachdem die Bullen unser besetztes Haus in Hamburg geräumt hatten, hatte ich einige Tage auf einer Parkbank im Planten un Blomen geschlafen. Es war nicht nur unbequem, sondern ich holte mir auch eine Lungenentzündung. Wenn die Streetworkerin mich nicht gefunden und ins Krankenhaus gebracht hätte, wäre ich wohl nicht mehr am Leben. Meine Schwester würde in einer einzigen Nacht auf einer Frankfurter Parkbank durchdrehen. Ich stellte mir vor, wie Penner und Junkies sie um einen Euro anbettelten, falls sie ihr nicht gleich die Brieftasche klauten. Silvia würde vor Ekel sterben.

Ich seufzte. „Na gut, du kannst 'ne Weile bleiben. Aber ich habe nur die Matratze."

Silvia blickte skeptisch auf das Ding, das auf Paletten lag. Mattu richtete sich halb auf. Er stierte uns aus glasigen Augen an.

„Danke. Ich wusste, dass ich mich auf dich verlassen kann", sagte Silvia. „Räum halt ein bisschen auf, dann kann man es doch aushalten." Sie deutete zu den Weinflaschen und Mattus verschlafene Gestalt. „Hier scheint man ja spät aufzustehen."

Mattus stöhnte. Es klang nach Protest. Immerhin war Sonntag. Ich wüsste nicht, wieso ich nicht um zwölf noch im Bett liegen sollte. Wir hatten es uns verdient nach der kleinen Orgie gestern, das musste ich Silvia allerdings nicht unter die Nase reiben.

Mattu schwang die Beine von der Matratze und stand auf. Er hielt es nicht für nötig, das Laken mitzunehmen.

Bewundernd blickte ich ihn an. Keine Ahnung, was er an mir fand, aber als Mann war er ein Glückstreffer. Er machte bisher keine Anstalten, unsere lockere Beziehung irgendwie Richtung Eigenheim und Ehe zu drängen, versuchte nicht einmal, mich von den Vorteilen des Zusammenlebens zu überzeugen. Ehrlich gesagt, hatte ich seine Wohnung noch nie gesehen. War einfach zu weit weg, irgendwo hinter Hanau.

Außerdem hatte Mattu graue Augen, die ich stundenlang anschauen konnte. Sie passten gut zu seinem ergrauten Stoppelschnitt. Ordentlich genug für einen Beamten, struppig genug, um cool zu sein.

„Oh." Silvia schlug eine Hand vor den Mund.

Mattu schwankte ins Bad, sodass ich noch einmal seinen straffen Hintern bewundern konnte.

OBDACHLOS

KALLE KAUTE mir ein Ohr ab. Jetzt erzählte er schon zum dritten Mal, wie ihn seine Frau verlassen hatte. „Die Alte", wie er sagte. Mit der Trennung habe es angefangen. Das Saufen und alles andere auch.

Ich nuckelte an meinem Bier. Die Unterhaltung am Kiosk in der Tillystraße war nicht besonders erhebend. Die anderen, die hier morgens um neun mit ihren Bierflaschen herumstanden, schienen Kalles Geschichte auswendig zu kennen. Zumindest schenkten sie ihm keine Beachtung. Mich hatten sie vorhin nur gemustert. Da ich ein Bier bestellt und mich damit an die Theke gehockt hatte, stuften sie mich wohl als ihresgleichen ein.

Ich hörte Kalle mit einem Ohr zu, versuchte, möglichst langsam zu trinken, und behielt das Haus gegenüber im Blick. Hier wohnte Achim Schrader, der sich krankgemeldet hatte. Der Arbeitgeber, die Telekom in Darmstadt, hatte die *Detektei Meier* beauftragt, die Krankschreibung zu überprüfen. Meier hatte mich heute in aller Frühe angerufen und angeschnauzt, ich solle die nächsten drei Tage ein Auge auf Schrader haben. Meier reichte mir Aufträge weiter, für die sein Büro keine Zeit hatte oder die er zu nervig fand für seine Angestellten. Hier war wohl Letzteres der Fall. Seit einer Stunde fixierte ich die Haustür gegenüber und ließ Kalles Tiraden über mich ergehen. Jetzt war er wieder an der Stelle, wie er seinen Job verloren hatte. Seine Erzählung war eine Platte mit einem Sprung, an dem die Nadel hängen blieb. Fakt war, dass er tiefes Mitleid mit sich und seinem Schicksal hatte.

Da, die Tür ging auf. Schrader trat heraus – er sah zwar nicht ganz so aus wie auf dem Passfoto aus seiner Personalakte, das die Telekom eingescannt und rübergeschickt hatte, aber er war es.

Ich drückte Kalle mein Bier in die Hand. „Für dich. Ich muss weg."

„Das ist ja noch fast voll." Er schnappte sich die Flasche und umklammerte sie mit der einen Hand, während er mit der anderen seine eigene an den Mund stemmte. „Komm mal wieder!", rief er mir hinterher.

Ich folgte Schrader, der zur Straßenbahnhaltestelle ging und brav einen Fahrschein zog. Ich tat es ihm gleich, denn ich konnte es mir nicht leisten, wegen Schwarzfahrens aufgehalten zu werden, während das Zielobjekt entschwand.

Während wir auf die Bahn warteten, beobachtete ich den Mann unauffällig. Er trug eine abgeschnittene Jeans und ein T-Shirt. Von einem Humpeln war nichts zu bemerken, dabei hatte er seinem Chef etwas von „Bänderdehnung" im linken Bein erzählt.

Die S-Bahn rauschte heran, wir stiegen ein. In der Bahn war es noch heißer als draußen, falls das überhaupt möglich war. Die Klimaanlagen der Frankfurter Straßenbahnen versagten regelmäßig, wenn die Temperaturen über dreißig Grad stiegen. Auf den Klimawandel waren die Verkehrsbetriebe offensichtlich nicht vorbereitet. Ich atmete möglichst flach, um den Dunst aus Schweiß und einer Mischung billiger Parfüms in dem Waggon nicht allzu tief in die Lunge zu kriegen.

Die Linie 11 durchquerte an der Mainzer Landstraße einige ärmere Viertel. Schrader und ich schienen die einzigen Deutschen an Bord zu sein. Die übliche Frankfurter Mischung: eine afrikanische Mutti mit einem hübschen kleinen Blag, einige junge Türken, die wohl die Schule schwänzte, osteuropäische Frauen im Billigchic.

Die Bullenhitze schläferte mich ein. Meier hatte mich viel zu früh aus den Federn gerissen. Meine Augen fielen auf Halbmast. Fast hätte ich verpasst, dass Schrader an der Jägerallee ausstieg. Er trottete über die Straße, ich hinterher. Er bog in die Schrebergartensiedlung ein, ich hinterher. Zum Glück blickte er sich nicht um. Er öffnete ein Gartentor zu einer Parzelle. Schräg gegenüber die *Schnitzelranch,* das Wirtshaus der Kleingärtner. Ich hockte mich an einen Tisch auf der Terrasse, halb verborgen von einer Grünpflanze. Von hier hatte ich das Gartengrundstück, das Schrader betreten hatte, gut im Auge. Gerade bollerte er gegen die Tür der Laube. Ein älterer Mann mit Baseballkappe öffnete ihm.

„Und, wie?“ Er sprach laut genug, dass ich ihn verstehen konnte.

„Muss“, antwortete Schrader und verschwand mit dem anderen in der Hütte.

„Sie wünschen?“ Der Wirt der *Schnitzelranch* sah mich fragend an.

„Ein Wasser bitte.“ Ich war nassgeschwitzt, obwohl ich mich nur wenige Schritte bewegt hatte. Noch ein Bier um die Uhrzeit bei der Hitze würde mich umhauen.

Mein Beruf war wirklich nicht der schlechteste. Meine Schwester saß jetzt in ihrem Büro vor einem Computerbildschirm. Sicher war der Raum auf arktische Temperaturen heruntergekühlt, sodass sie sich bei nächster Gelegenheit erkälten würde.

Währenddessen befand ich mich draußen auf einer Terrasse, die wenigstens manchmal ein Luftzug erreichte. Der Wirt stellte mir wortlos ein Wasser hin und verzog sich wieder nach drinnen. Eine müde Zitronenscheibe hing in dem Glas. Ich quetschte sie aus und sah zu, wie sich die Eiswürfel in Sekundenschnelle auflösten.

Aus dem Augenwinkel beobachtete ich, was sich im Garten gegenüber tat. Schrader und sein Gartenkumpel machten sich an einem Stapel Pflastersteine zu schaffen. In den folgenden Stunden verfolgte ich, wie sie eine Auffahrt zu dem Gartenhäuschen pflasterten. Ihnen lief der Schweiß in Strömen über die Gesichter, während ich noch einige Wasser trank und schließlich ein Schnitzel orderte. Ging ja auf Spesen. Es gelang mir, hinter der Grünpflanze versteckt einige Fotos von den Männern zu schießen. Hoffentlich war Schrader gut genug zu erkennen. Auf dem winzigen Display konnte ich das nicht feststellen. Immerhin, Auftrag ausgeführt. Ich fand, das wäre genug Arbeit für heute, zumal mir Meier sicher nur einen Bruchteil dessen auszahlte, was er der Telekom abknöpfte. Ich war sein Laufbursche, er würde Provision kassieren. Seine Detektei war richtig gut im Geschäft.

Als ich nach Hause kam, war meine Schwester noch nicht da. Ich griff mir ein Bier aus dem Kühlschrank. Das war gut gekühlt, ein Genuss nach dem lauwarmen Wasser in der Schrebergartenkolonie. Dann sackte ich auf die Matratze und stülpte mir Kopfhörer über. Motörhead lenkte mich ab, und das Bier machte die Hitze erträglich.

Schließlich senkte sich Dunkelheit über die Stadt. Ich raffte mich auf und öffnete das Fenster. Die Luft, die hereinschwappte, war heißer als die im Zimmer. Ich war zu faul, wieder aufzustehen, um das Fenster zu schließen.

Ich musste eingedöst sein. Ein Donnern haute mich aus dem Schlaf. Es krachte noch einmal, dann blitzte und krachte es in Folge. Schließlich brach ein Platzregen herunter. Ich rappelte mich auf und trat ans Fenster. Im Hinterhof war niemand zu sehen. Die Studenten aus dem Erdgeschoss, die dort manchmal rauchten, hatten sich wohlweislich in ihre Bude verzogen.

Der Regen reinigte die Luft von den üblichen Abgasen, es roch nahezu frisch. Ich streckte den Arm aus, so weit ich konnte. Einige dicke Tropfen platschten in meine hohle Hand. Ich rieb mir die Nässe übers Gesicht. Dann schloss ich das Fenster, damit es nicht hereinregnete.

Ein Schlüssel drehte sich im Schloss, und eine patschnasse Silvia rumpelte herein. Sie kämpfte mit einem großen Karton. Er rutschte ihr aus der Hand und knallte auf den Boden. Auf der Packung prangte eine fröhliche junge Frau auf einer Aufblasmatratze.

Silvia sackte auf einen Stuhl. Ihr Make-up war

verschmiert, Schweißtropfen zeichneten sich unter ihrem Gesichtspuder ab.

„Frankfurt ist schrecklich. Wie kannst du nur hier wohnen?"

„Ich wohne ganz gut hier. Wieso?"

„Es war ein furchtbarer Tag."

Mein Tag in Frankfurt war gar nicht schlecht gewesen, aber das sagte ich ihr nicht. Ich bot meiner Schwester ein Bier an. Sie verzog angewidert das Gesicht. Was anderes hatte ich nicht zu bieten. Oder doch. Ich ließ Wasser aus dem Hahn in ein Glas laufen und reichte es ihr. Sie beäugte es skeptisch, dann kippte sie es in einem Zug herunter.

„Was ist passiert?"

Wieso hasste sie Frankfurt gleich nach ihrer Ankunft?

„Es gibt einfach keine Wohnungen! Es war so schrecklich, ich bin bei dieser Hitze hin und her gefahren, nichts zu machen. Die Makler sind dermaßen unverschämt!" Sie holte Luft und schimpfte weiter. „Die stellen einfach Fotos auf ihre Website, die gar nicht der Wahrheit entsprechen."

Ein bekanntes Problem. Es gab nicht genug Wohnraum in Frankfurt. Mein Vermieter versuchte dauernd, die Miete für dieses winzige Loch hochzusetzen. Nur Freyas gestelzte Schriftsätze hatten mich bisher vor einer Wuchermiete bewahrt.

„Dann war ich bei einer Wohnung, da standen die Leute Schlange bis auf die Straße, nur für die Besichtigung."

Ich war froh, nicht umziehen zu müssen.

„Wie war es denn bei der Bank?", fragte ich, um sie abzulenken.

„Und dann habe ich eine Wohnung gesehen, die war echt

schön, aber die Flugzeuge flogen so niedrig über das Haus, dass man sein eigenes Wort nicht verstand."

Auch das war nichts Neues. Die Stadtteile südlich des Mains litten unter Fluglärm.

„Und dein erster Arbeitstag?"

Silvia schlug die Hände vors Gesicht und begann zu schluchzen.

„Was denn?"

So schlimm konnte es selbst bei der Deutschen Bank nicht sein.

„Ich habe Mamas Ohrring verloren. Du weißt schon, diese Klipse mit den großen Perlen. Einer ist weg, einfach weg!"

Schien ja ein echter Unglückstag für sie zu sein. Jetzt erst bemerkte ich, dass sie nur noch einen Perlenohrring trug.

„Wie kommst du an Mamas Ohrringe?"

Silvia sprang auf, ging ans Spülbecken und schöpfte sich Wasser ins Gesicht. Schließlich richtete sie sich auf, schien gefasster. „Sie hat sie mir geschenkt, als ich die Stelle bei der Bank bekommen habe in Hannover. Sie meinte, das würde seriös wirken."

In der Tat, die Ohrringe ließen sie sicher zehn Jahre älter wirken. Nur dass jetzt einer weg war.

„Du wirst ihn schon wiederfinden", sagte ich, um sie zu trösten.

Mir hatte Mutter noch nie etwas Wertvolles geschenkt. Wahrscheinlich wusste sie, dass ich es sofort zu Geld machen würde. Trotzdem ungerecht, dass Silvia die Ohrringe bekommen hatte. Die Perlen waren echt und hätten eine Menge Kohle gebracht.

Silvia schnaufte wütend. Dann machte sie sich über den Karton her und zog eine riesige Matratze hervor. Das Paket enthielt auch eine Fußpumpe, mit der sie das Monstrum aufblies. Schließlich war die Matratze prall gefüllt. Sie nahm fast den ganzen Rest des Zimmers ein.

DESSOUS

ACHIM SCHRADER WAR auf den Fotos gut zu erkennen. Gemeinsam mit seinem Kumpel hockte er auf dem Boden, richtete Pflastersteine, klopfte sie fest und schleppte neue heran. Er hantierte mit Wasserwaage und Seil, damit alles gerade wurde. Sogar die Schweißtropfen auf seiner Stirn waren gestochen scharf abgelichtet. Ich klickte durch die Bildfolge auf meinem Monitor. Die Fotos könnten in einem Lehrbuch für Pflasterer erscheinen. Alle Arbeitsschritte waren festgehalten. Sollte ich ihn um seinen Job bei der Telekom bringen? Dort schwitzte er mit Sicherheit weniger und verdiente mehr als bei der Schwarzarbeit im Kleingarten.

Das Telefon klingelte. Wahrscheinlich Meier, der mir Druck machen wollte. Wenn es nach ihm ging, sollten die Berichte immer schon vorgestern fertig sein. Ich nahm ab.

„*Detektei Hardenberg*, was gibt's?", knurrte ich.

„Die haben meinen Chef umgebracht. Sandra, was soll

ich nur machen? Die Polizei ist hier und …" Silvias Stimme ging in ein Schluchzen über.

„Was? Wer hat deinen Chef umgebracht? Wieso?" Besonders logisch klangen meine Fragen nicht. „Nun beruhige dich erst mal. Alles halb so schlimm", säuselte ich.

„Mein Chef ist tot. Jetzt ist die Polizei da und verhört uns alle." Silvia klang panisch.

„Bleib ganz ruhig." Wieso musste ausgerechnet meine Schwester in so was reinrutschen? „Wie umgebracht? Im Ernst, ein Mord?"

„Weiß nicht", sagte sie erstickt.

„Wahrscheinlich war es nur ein Herzinfarkt, und die Polizei macht eine Routinebefragung."

„Ich weiß nicht", schluchzte sie. „Aber er ist tot."

Lies hier weiter LINK

ISBN 978-3-7541-4021-5
www.epubli.de